LES TAUPINS

Éditeur : BoD - Books on Demand,
12/14, rond-point des Champs-Élysées, 75008 Paris
Impression : BoD - Books on Demand,
Norderstedt, Allemagne

ISBN : 978-2-322-13885-2

Dépôt légal : avril 2017

Denis Drehel

Les Taupins

roman d'une vie de gosse

J'espère que Dieu me pardonnera d'avoir été aussi heureux

Haydn

He just don't worry about nothing, 'cause he's got his own

Billie Holiday

Comme si de rien n'était

Les gens ne sont pas tous méchants, la plupart ont de graves déficiences. Le leur dire les rendra davantage malheureux. Une jeune femme rencontra un jour une chère cousine de sa mère (elles avaient fait l'exode ensemble), qui lui dit avec son beau sourire : « Quand je te vois, ça me rappelle des mauvais souvenirs... »
− Ma pauvre ! pensa-t-elle.

À sa naissance, il y avait ce petit garçon de trois ans et demi, que nous verrons grandir, et encore six enfants qui en avaient de six à quatorze de plus. Huit jours plus tard, leur mère mourait. C'était ça, les mauvais souvenirs.

Quatre ans après, on entendait parler de barricades à Paris, mais c'était déjà la guerre dans leur campagne. Six d'un côté, le père peu loquace mais gueulard de l'autre, les belligérants étaient rassemblés aux repas des week-ends, et se cassaient les assiettes sur la tête.
Les deux petits fréquentaient chaque camp, où ils avaient les quatre vérités de celui d'en face. Pris à témoin, on se sent sommé de prendre position, comme dans les familles où les divorces se passent mal. On peut développer une schizonévrose comme un esprit critique, choses qui se soignent actuellement de la même manière.
On s'accusa un jour à hauts cris − le père en premier − d'avoir *tué Maman*. À l'âge de raison, le petit garçon réalisait qu'il y était pour un huitième. Circonstance aggravante, ils avaient commis ça en bande organisée.

Trois ans plus tard, la rupture était consommée : Ne restaient que les deux petits. Dans les derniers temps, certains revenaient chercher des affaires en cachette. Ils savaient trouver un jeune complice, et si c'était de nuit, envoyaient des graviers à sa fenêtre. Quelle joie de risquer sa vie à faire le passeur ! avec la Gestapo qui ne dormait jamais vraiment.

À quinze ans, après avoir tout supporté sans rien dire, ce fut son tour d'être mis à la porte, au seul motif qu'il ne pouvait pas continuer à être à la fois fils et frère. Il ne revit pas le type, même en cauchemar. Faisant l'économie d'une crise d'adolescence, il put vivre sans responsable vraiment légal jusqu'à être déclaré majeur.

C'est alors qu'il eut vent, *embrassons-nous, Folleville*, de retrouvailles chez celui qui avait cessé d'être "l'autre con". Bientôt même, on signifia au frère que le fils n'était pas très gentil de ne pas aller voir (son) "Papa".

Les gens ne sont pas tous méchants, mais ils font endosser le rôle par les innocents, qui reçoivent toute leur saleté. Si on a appris à en reconnaître l'odeur, ça s'enlève facilement.

Infans : qui ne parle pas. Mais l'entendrait-on ? Comme j'ai gardé quelques affinités avec lui, c'est moi qui le ferai. Il tient à préciser cependant que le sujet de l'enfance malheureuse ne l'intéresse pas. Ce roman d'une vie d'enfant ne sera donc que le récit d'une "réaction générale d'adaptation".

Cela étant posé, la suite peut se lire dans l'ordre que l'on voudra. Pour la chronologie, tourner une page.

Tu te souviens de ta maman ?

Une rose d'un jour pourvue de conscience, dit Fontenelle, croit volontiers le jardinier éternel...Je ne sais pas si on a besoin d'une conscience pour croire ; si ce n'est pas quand croire devient inutile qu'on acquiert une conscience. Qu'importe si la rose a un jour ou un siècle, quand la relation est intemporelle, fusionnelle, immémoriale. Mais subitement, Maman a disparu de l'allée.

L'Histoire commence à la sortie de l'Éden. La mémoire doit alors se remplir, pour baliser la conscience de petits cailloux empiriques. Toute connaissance est la réponse à une question, dit Gaston *. Pour moi, la première fut : « Où est Maman ? » et je fus tout de suite confronté au grand problème de la science, qui est que certaines questions font pleurer les gens. Bien entendu, c'était de la compassion pour le jeune chercheur.

La mémoire sert d'abord à la fonction d'apprentissage, elle ne tient pas la chronique du bonheur. Elle retient aussi un vécu à disposition de la conscience, qui la harcèle parfois : les souvenirs. Mais ce qui ne varie pas ne s'inscrit pas, et le bonheur ne laisse pas de souvenir. Je n'étais simplement pas encore assez différent d'elle. Contrairement à ce qu'on a pu penser, j'ai sans doute été le moins traumatisé des huit orphelins.

La mémoire familiale se rattacha aux photographies de la disparue, et aux films Super 8 des dix-huit derniers mois de sa vie. S'il y a quelque chose de

* Les astérisques renvoient aux notes pp 128 & 129.

8

positif dans le monde, elle l'incarnait. À côté, les images saintes sont du *Disney*. La pleurer ? Son visage, expression même de la plénitude, renvoyait le chagrin comme un apitoiement de soi. Tellement sereine ; au point de négliger le minimum de précaution obstétrique qui aurait rendu sa mort – d'épuisement – évitable. J'aurais ragé de le savoir, mais on ne mourait plus en couches à cette époque.

Ainsi, au premier rassemblement de souvenirs, ne restent que les aspérités des premières frustrations : un landau en plein soleil ; la fierté de la première évasion du lit à barreaux, où on est remis attaché ; l'attraction d'une vitrine de Noël, une auto qui freine... moins puni de la fessée que du refus d'en être consolé ; la vitre d'une voisine brisée à la hache, nos excuses, leurs rires.

Et après sa mort, les souvenirs sont quand je la frôlais. Emmené voir une vache vêler, j'admirai cette nativité. Puis elle fonça sur moi. Acculé à un mur, je ne fus pas piétiné, mais le coup de tête qui me bloqua le diaphragme fut presque fatal. Les vaches ne viennent pas à la maison, mais il y a les prises de courant : un branchement expérimental fit beaucoup de fumée, je fus étonné de m'entendre crier un mot appris tout seul : Au secours ! Et à la grande moisson, la mémoire engrangera les détails avec : Du petit moulin en carton fabriqué par un frère le jour de la catastrophe, au nom du kiné, à la fin.

Bonheur diffus, malheurs précis, voilà ce qu'on garde de la petite enfance. Jusqu'à l'âge de rentrer à l'école ; là, déjà, c'est la consigne de tout mémoriser.

Tu as une jolie jambe

(Lorenzaccio, III, 6)

Ma mère inhumée, le plus urgent a été de s'occuper des enfants. Au moins cinq, dont le bébé, ont été répartis chez des oncles et tantes. Les grandes vacances commençaient. Vers la fin de l'été, mon père est allé récupérer tout le monde, en déclarant qu'il était tout à fait capable de s'occuper de ses enfants. Certainement personne ne lui avait dit le contraire. On y vit plus tard les prémices de sa paranoïa.

La fratrie était donc reconstituée. Mais un sombre prédateur avait repéré que le groupe était mal protégé, et attendait qu'un jeune traîne à l'arrière du troupeau.

Dans les fermes, la sécurité était un problème. Quel agriculteur n'a pas connu un confrère déchiqueté par une prise de force, ou asphyxié dans un silo, ou qui a roulé sur ses enfants avec le tracteur ? Quand j'avais sept ans, on a trouvé un de mes oncles vidé de son sang près de sa moissonneuse-batteuse.

Je suis encore entier – *you lucky bastard...*

On coupait le maïs. Il était séché à la ferme et non à la coopérative. En effet, par esprit pionnier et de contradiction, par amour du risque et pour en remontrer aux voisins, mon père était seul alors à en cultiver à cette latitude. Ce devaient être les vacances de la Toussaint car il y avait mes frères et sœurs. L'un d'eux jouait dehors avec un copain et je voulais les suivre. Eux ne voulaient pas de moi, alors ils m'ont semé en passant par un chemin où, après une longue hésitation, je me suis finalement engagé.

Du séchoir pour aller aux silos, le fruit de la terre se déversait dans une étroite tranchée, d'une douzaine de mètres de long. Une sorte de chaîne avançait dans cette tranchée et entraînait le grain. En montant dessus, on avançait tout seul et c'était rigolo, mais arrivé au bout, il fallait sauter, autrement on repartait dans l'autre sens et par-dessous, avec le maïs. C'est ce qui m'est arrivé. Alerté par mes cris, un ouvrier qui charriait du grain s'est précipité sur l'interrupteur. Il a essayé de faire arriver sa pelle avant lui, et ce n'était pas si mal visé.

J'avais donc, sous le genou gauche, les os en morceaux et la chair en filets. Il ne restait qu'à faire cuire. Mon père a apporté le chalumeau pour découper la ferraille. Je me souviens que chaque fois qu'il voulait le rallumer, j'essayais d'attraper la boîte d'allumettes pour l'en empêcher. Une autre image me resta, anecdote fausse racontée par un de mes frères taquins, celle du chat qu'on aurait vu s'enfuir avec le morceau de viande qui me manque.

Libéré de mes fers, je me revois dans une auto prête à partir, entre mes deux sœurs, étonné que la nuit tombe si vite. J'avais juste quatre ans.

Je ne devais revenir que cinq mois plus tard. Mon père me ferait constater qu'il avait installé des grilles de sécurité. Quelle bonne idée.

Dans ma barbe

Ma grand-mère, du fond de sa campagne, eut l'étrange idée de pousser ses filles à faire des études. Deux ont fait médecine. Le but n'était pas d'épouser un médecin, à l'époque. L'aînée fut la terre brûlée de 44. Vingt ans après, la science était assez redevable à la plus jeune des quatre pour sauver la jambe de son neveu ; sans passe-droit, ma tante s'enquérait de mon cas. Les greffes pygédermiques † prenaient mal, et l'odeur du chloroforme imprégna longtemps mon souvenir.

Mon père fabriqua vite une petite table en fer, peinte de blanc, devant me servir de pupitre. Un système relié à un filetage permettait – avec quelle poigne ! – d'incliner le plateau. C'était très lourd, instable, et trop petit pour que ce qu'on essayait de soigner soit à l'aise dessous. Et je voyais de la ferraille découpée, et le métal fondu des cordons de soudure... Il y avait quelque chose de comique. Qu'on apprécie mieux sans rire ; comme le dirait plus tard ma fille à cinq ans, *j'ai pleuré dans ma barbe*. Mon père parti, l'infirmière a mis ça dans un coin.

Déjà mieux, on me mit en chambre double, et mon père vint presque chaque jour. L'isolement sanitaire admettait un parent ; le jour où j'eus la visite de tout le monde, ils restèrent derrière une vitre. Je poussai de tels cris pour les faire venir à moi qu'ils ne sont plus revenus. Je vois encore la bonne pleurer. ◊

† *Employée autrement, cette peau de fesse néologique est synonyme du céphalophtalmique d'Alphonse Allais.*

Il y eut une période où j'avais peur de me réveiller le matin, car je faisais dans mon lit. L'ayant constaté, je voyais à travers les cloisons de verre se rapprocher chambre après chambre la dame qui faisait les lits, celle qui hier avait crié plus fort qu'avant-hier à cause de ce que je n'avais pas pu empêcher non plus aujourd'hui.

Ensuite, il y eut un centre de postcure pour enfants. La plupart marchaient. Peu après mon arrivée, ceux de ma chambre m'ont entraîné dans une micro-expédition nocturne. Au qui-vive du gardien, ils se sont repliés en abandonnant l'éclopé. On me demanda ce que je faisais par terre tout seul dans le couloir.

Cela me permit de connaître aussi le jardin d'enfants. La jardinière nota : « ... aime beaucoup le dessin très "perfectionné" et détaillé, la peinture l'intéresse jusqu'au point où elle ne l'oblige pas à se salir les mains... » et conclut : « Il est facile de se rappeler sa bonne humeur et sa gentillesse. » Les visites étaient hebdomadaires, mais on sortait : Villacoublay à côté, les avions, les boules des lignes haute tension. Je vis mes sœurs une fois, l'aînée venait d'avoir son permis. Puis il y eut un compte à rebours de semaines, et enfin : le premier soleil du printemps, la joie de revoir ma famille ; les jouets dans ma chambre ; des carottes râpées – détails heureux que la mémoire a fixés comme épilogue, sans inscrire la suite.

◊ *Comme disait une Chilienne ayant subi la torture :*
« Le pire, c'est d'entendre crier les autres. »

Le Verbe

Au commencement était le Verbe... Où vont-ils chercher ça ? Ce n'est pas facile à comprendre, que le Créateur est une parole... Pour moi qui entendait gueuler mon géniteur, c'était limpide. Bien entendu, s'il avait crié, j'écrirais crier. Souvent, il était déjà tout rouge avant. Quand on pousse les études plus loin que le catéchisme, il est confirmé que parole et action ne font qu'un. Pour la linguistique, dire c'est faire ; pour la cybernétique, c'est faire faire. Au fait, quel Verbe ? « Divisez ! » et la première cellule se divisa ? Ou bien « Fiat lux ! » d'après une version moins documentée ? (on sait que c'était un lundi). Celui de mon père : « C'est comme ça et pas autrement ! »

Avec un père pareil... qu'adviendrait-il des chers enfants ? Il existe bien des déterminismes ! Têtes de sangliers par étymologie patronymique, nous pouvions être la trentième génération de têtes de lard depuis la création de l'état civil. Difficiles à impressionner. Il nous voyait comme des Brutus, mais c'est lui qui nous avait engendrés ! En réalité, c'est l'époque qui était à faire gueuler les paternels. Et le stress qu'ils déchargeaient sur nous, nous avions la liberté de nous en décharger à notre tour. Quand nos enfants, collés mains au mur de l'école sous la menace d'armes et de chiens, trouveront la leur, les vainqueurs parleront de légitime défense.

Papa parlait doucement. C'est quand la douceur n'était pas *obéie* que le ciel pouvait s'assombrir rapidement. Il ne faisait donc pas que gueuler.

Personne n'aurait nié pourtant que c'était un gueulard. Mais on n'aurait jamais dit : *c'est que de la gueule* ; il gueulait sur le territoire où il était maître. Sorti de chez lui, il se montrait affable et gentilhomme. Et même humble.

Au moment où mon père décida que j'avais l'âge d'aller au pain, il faisait nuit. Du portail à la boulangerie, il n'y avait que cinquante mètres, mais sans éclairage public. Pas question. Vas-y. Niet. Ainsi de suite dans un crescendo sonore et hématobare. L'un des deux devait céder, il fallut que ce soit moi. Je n'ai pas traîné, ignorant que le loup avait disparu de nos campagnes. En tout cas, je courus plus vite que lui. La boulangère, vieille à mes yeux et menue, me donna le pain avec un bon sourire : « Tu sais, je ne suis pas un tigre... » Un tigre ? Où ça ? Où est-ce qu'elle avait vu un tigre ? C'est là que je compris que dans le village, on entendait deux choses : la cloche de l'église, et mon père gueuler. Cette histoire est nulle : Un Petit chaperon rouge qui se dépêche, un loup qui n'apparaît pas, la Mère-Grand qui croit que c'est elle qui fait peur, la galette qui fait le trajet en sens inverse ; quant aux recommandations de la maman...

L'année suivante, cette chose merveilleuse appelée comité des fêtes organisa un voyage aux grottes de Han. Le guide tomba – Aaaaah ! – dans un gouffre et tout le monde crut à une mise en scène. Dans le zoo à côté, je vis une bête orange rayée de noir, de la taille d'un veau. Elle me regardait aussi, sans feuler. Ça, c'était un tigre.

Toto

C'est Toto qui est à table avec son père et ses deux frères. L'aîné renverse de la sauce sur la nappe et fait : « Merde ! » Le père lui file une torgnole, et il se met à chialer. Le cadet demande : « Pourquoi tu l'as frappé, papa ? » et reçoit une raclée phénoménale. Tout le monde se calme, on se remet à manger. Au moment où le père fait un geste pour attraper la salière, Toto lâche brusquement ses couverts et se réfugie sous ses avant-bras.

– De quoi t'as peur, Toto, tu n'as rien dit !

– Je sais, Papa, mais t'es tellement con...

Cette histoire rappellera des choses aux générations dont les parents sont nés avant-guerre. Dans notre cas, si elle est bien typique de l'autorité arbitraire, les coups ne tombaient que sur Toto. Mes parents méprisaient l'éducation par les coups. Mais par le langage, mon père avait du mal. Après une bêtise, on savait que ça pouvait *mal aller*, mais on risquait peu. Il fallait juste se protéger les tympans. Le placard à chaussures, sous l'escalier, c'était plus pour calmer les excités : il n'y avait pas de punition. Si à table, il avait sa serviette sur l'épaule, prête à claquer, c'était des intempéries : il n'y avait pas de châtiment.

Il ne fallait simplement pas s'aviser de mentir. Très jeune, par curiosité, je soutins un mensonge évident : première fessée paternelle. Pour la même faute qu'une lubie lui fit supposer dans un mauvais réveil, j'eus plus tard la seconde. Cependant, la vérité des faits avait une extension moins objective : sa vérité à lui, qui faisait (son) autorité. Les aînés grandissant, celle-ci subit la corrosion. Quand ils l'ouvraient, c'était reçu comme la réplique de Toto.

Occupé qu'il était de ces criminels, j'ai bénéficié d'un certain laxisme dans mes occupations. Il n'y avait que les bonnes pour me menacer du martinet, mais c'était de la rhétorique. Un martinet, je n'en ai vu qu'un. En vacances chez des cousins, on me le montra par plaisanterie. Quoi... ça ici ? mais c'était le plus doux de mes oncles ! Ce truc censé faire réfléchir les enfants, il fallait croire qu'il faisait surtout de l'usage aux parents.

Car les violents frappaient à main nue. À cinq ans, on me laissa une journée chez d'autres cousins. Je fis une chose comme chez moi et les vis s'écarter avec terreur. On découvrit un malheureux pipi contre un mur. Les coups de l'oncle alternèrent avec ses "Dis : pardon, ma tante". Quand je l'ai dit, il s'était fait un ami de son neveu. Je l'ai entendu dire un jour que « les enfants sont comme des petits animaux qu'il faut dresser. » C'est que la nature est mal faite ; les parents animaux faillissent à leur devoir.

De bonnes âmes remettront en question le châtiment corporel. Ne discuter que du second terme renforce les présupposés castrateurs contenus dans le premier. À tout prendre, je choisis la violence arbitraire, et je laisse le harcèlement moraliste et culturel. C'est plus clair.

Épictète

Sticks and stones will break my bones,
I always will be true
And when your mama's dead and gone,
I'll sing this lullaby just for you

Tom Waits, *On the Nickel*

Sticks and stones... Nous n'avions pas l'équivalent pour répondre aux noms d'oiseaux et aux épithètes fleuries. C'était plutôt « toi-même », « cause toujours », ou « tu veux mon poing sur la figure ». *Bâtons et pierres peuvent me briser les os, mais jamais les mots ne me blesseront,* une phrase que disent les enfants de langue anglaise pour décourager les insultes ; qui a aussi une fonction d'autosuggestion stoïcienne. Car si les mots ne blessent pas physiquement, ils font plus mal que les coups : ils s'attaquent à l'identité. Et pour beaucoup, cette identité est faite avec de l'opinion d'autrui.

Il n'y a pas que le Créateur qui a la magie du Verbe. La parole est performative. Dans *Willow* de G. Lucas, une Circé dit « vous êtes des porcs », et ils se transforment en porcs. C'est comme mettre un porc devant un objectif et ouvrir le diaphragme, l'émulsion sensible est impressionnée. La psyché est un endroit où l'on donne des représentations, un théâtre où des images jouent une pièce. Si des intrus montent sur la scène, c'est la bagarre. Le directeur du théâtre peut dire « des clous, je ne suis pas un porc », mais ce n'est pas si évident. C'est parole contre parole. Fantôme contre ectoplasme. L'enjeu est l'incarnation.

Si l'identité des adultes est moins fragile, elle leur est vitale. Seuls les martyrs disent : « Vous pouvez nous détruire, mais vous ne pouvez pas nous nuire ». Peu importe que l'essence précède l'existence, si elle lui survit.

Sticks and stones may break my bones : J'en avais fait l'expérience, et n'ai pas eu besoin de connaître la suite de la phrase pour qu'elle soit opératoire. Pas face aux enfants ; ce sont les grands qui nous attaquent avec des mots à incarner tout crus. Non seulement j'avais été touché dans ma chair, mais celle dont elle était la chair était dans la tombe. Alors : Si vous voulez m'apprendre la vie, je veux bien qu'on en parle. Si c'est pour me faire du mal, je pleurerai un peu mais rien ne m'atteindra. Surtout que vous n'êtes pas ma mère.

On ne songe pas à se servir de ses cicatrices comme un ancien combattant, ni à dire à Jésus : « La crucifixion ? je connais pire. » * La souffrance ne se mesure pas. La douleur ne se mémorise pas ; une fois passée, j'étais tout neuf. Alors je n'ai jamais rien objecté au fait qu'on trouve toujours plus malheureux que soi, à part qu'il n'y avait que les sadiques ou les masochistes pour le dire.

En résumé, je n'avais pas guéri pour me laisser rendre malade par des agressions psychiques. Je découvris petit à petit que c'était une spécialité des grands. Tous leurs problèmes ne sont que des mots ; tous les mots leur posent problèmes. Ils leur servent à fabriquer du vrai avec du faux... *À la fin était le Verbeux.*
J'apprendrais à les lire et à les regarder fonctionner
... but words will never hurt me.

Le patron

Mon père n'avait pas que ses enfants sous ses ordres, il avait aussi des ouvriers. Ils recevaient un traitement plutôt meilleur qu'ailleurs. Y compris humain : leur patron n'avait pas cet air hautain souvent affiché par sa caste. C'est sur les membres de celle-ci qu'il avait en privé des mots désobligeants; en premier sur son frère aîné, autre agriculteur du village. Aussi renfrognés l'un que l'autre, c'est tout juste s'ils se saluaient.

Mais qu'il fût estimé de ses ouvriers, je ne m'en suis pas aperçu tout de suite. Dans une ferme, la journée commençait par un briefing appelé la commande, les ouvriers alignés dans la cour face au patron. C'était sous mes yeux. Il arriva quelquefois qu'un ouvrier moins qualifié fasse une faute professionnelle – qui se traduit n'importe où par : « Monsieur, (la prochaine fois) c'est la porte. » Mon père préférait gueuler que virer. De la violence socio-hiérarchique, je ne perçus d'abord que cette partie émergente. L'iceberg était peut-être moins gros chez nous, mais je le voyais bien. Lorsque j'ai lu que le père de Dostoïevski avait été tué par ses serfs, j'ai pensé au mien, car lorsque je le voyais engueuler un ouvrier, je me disais « s'ils le tuent, il ne faudra pas s'étonner ».

Mais si un ouvrier était débile avant la retraite, il conservait un emploi ; le seigneur devait protection à ses gens. Paternalisme ? Oui, mais eux auraient chanté : « Ah ! ça ira, ça ira, ça ira ! les DRH à la lanterne ! »

La mauvaise humeur paternelle était surtout chronique. Les ouvriers avec un peu d'ancienneté étaient habitués à le voir en rogne sans se sentir en cause. Signe que le climat général devait être sain, la déférence de rigueur envers le patron ne les empêchait pas d'être familiers avec ses fils. Devant eux, ils l'appelaient Taupin, surnom que nous utilisions nous-mêmes.

Le jour de la paye était l'autre moment où ils étaient réunis dans la cour, avant de passer au bureau à leur tour. Je sus combien ils gagnaient et en parlai à mon père. Quelle qu'ait été son opinion sur les inégalités humaines, et même s'il était sans pitié pour les voleurs de poules, je ne l'ai pas entendu chercher à justifier ou théoriser ce qui était à notre avantage.

La commune, c'était quatre fermes, trois artisans, deux commerces, un couple d'enseignants, un cantonnier. Les salariés agricoles, population active majoritaire, étaient logés pour la plupart dans des maisons appartenant aux exploitants. Cela ressemblait encore à un pays féodal. Mais tout changeait très vite. La mécanisation réduisait l'emploi au point que les départs en retraite n'étaient pas remplacés. Les seuls ouvriers jeunes étaient saisonniers, et les anciens ne poussaient pas leurs enfants à une carrière commencée au SMAG *, sans congés l'été, avec le bon vouloir du patron en guise de convention collective. Une usine se construisait, une autre envoyait son car de ramassage. Les seigneurs de la terre continueraient de nourrir le monde, mais plus le village.

Les vagabonds

J'ai gardé l'image confuse d'une scène, qui m'apparut de plus en plus, en grandissant, comme un rêve. Les faits sont de toute façon incertains et anecdotiques ; mais ce qu'on en fait à six ans signifie trop pour venir de nulle part. Cette image me revint une nouvelle fois, en découvrant la photo du cadavre d'un fameux guérillero, qu'un groupe de militaires vient contempler dans une maison. Mais dans la scène que je vois, pas de cadavre. Le groupe de visiteurs, c'est l'agriculteur propriétaire de la maison, accompagné de quelques villageois dont mon père, avec son enfant.

Un homme était venu avec une femme, il avait travaillé un temps assez court dans une ferme où on lui avait fourni ce logement, et ils étaient repartis sans préavis. La maison était vide, il restait des sacs de pommes de terre vides aussi sur le sol. J'ai compris que c'était leur literie, j'ai compris qu'on parlait de vagabonds, j'ai compris qu'ils avaient peut-être volé quelque chose. Et tout ça faisait une histoire qui ne se tenait pas bien.

Il ne faut pas dire qu'un enfant ne comprend pas, il comprend toujours quelque chose, et ce que je comprenais sans qu'on me l'explique signifiait plus que tout ce qu'on aurait pu m'expliquer. Il me semblait que tous les gens avaient un foyer où ils avaient des affaires et des meubles. Et eux ils n'avaient donc rien, à part ce que des vagabonds peuvent transporter à pied – et qu'auraient-ils pu voler à part ces sacs de pommes de terre. Je ne voyais que la difficulté de cet inconnu à subsister, et j'imaginais pour sa compagne l'ennui des jours. Je les imaginais surtout *ensemble*. Fuyant notre regard. Et je me demandais quel était mon rôle.

Ce n'était pas comme les clochards. Eux avaient un statut social hors de la société et on leur fichait la paix. Ils avaient la faculté de vivre comme les animaux et servaient d'épouvantails pour enfants. On en voyait peu chez nous, mais chez les cousins où j'allais l'été, il y avait Tanguy. Je ne savais pas que c'était un prénom ; c'était juste un nom, qui lui conférait sa qualité de personnage. Hagard, hirsute, taciturne, il avait à lui un long manteau et les chemins du pays. Quand nous sortions de la ferme, nous espérions l'apercevoir, ou trouver ses bouteilles, mais on ne le voyait pas plus que le renard. Quand il venait mendier à la porte, ma tante lui faisait un sandwich en lui disant que l'argent, il le boirait. Il attendait, stupide, sans même voir le petit garçon qui l'observait fasciné.

Je ne voyais pas que la description donnée plus haut s'appliquait à mon père – question de proportion. Sans son épouse pour le policer, fichu comme l'as de pique, dormant habillé, rarement dans son lit, cet unique paysan sobre prenait pour s'étourdir du travail à plein goulot. Il n'abandonnait pas les prérogatives de la bourgeoisie, mais son *charme discret* et distingué, celui qui donne l'amour des pauvres façon Mère Teresa, ou le mépris du peuple à la Zola. Sa vision était plus tragique que fataliste.

Abraham

Mes parents étaient des catholiques fervents. À six ans, je suis allé au catéchisme et on m'a parlé d'Abraham, l'ancêtre commun des juifs, des chrétiens et des musulmans – un gars de la fin du chalcolithique, le premier qui ait rencontré Dieu. La seconde fois qu'il le voit, Dieu lui demande de filer un coup de lame à son fils unique, alors il commence à lever le bras au-dessus du gosse... Mais Dieu (dans son infinie sagesse) lui dit : « C'est bon, arrête, je voulais juste voir si tu avais les couilles de le faire. » C'est avec celles-là qu'il a engendré la multitude. †

Un enfant de six ans ne fait pas d'erreur de compréhension. N'importe quel autre que moi a parfaitement enregistré le message : suprématie du mâle adulte, droit de vie et de mort sur l'enfant sans défense, et pour finir adoration du chef. La religion n'a pas l'exclusivité de cette merde ; l'agnostique ne renie pas le patriarcat. Le "bon père de famille", inscrit dans la loi républicaine, n'est pas sécable : La Raison dicte que le père de famille est bon ; que l'amour filial est naturel, et que l'imago paternelle fait pour ainsi dire partie de notre anatomie.

Le délire breveté par Abraham fonctionne ainsi : La personnalité étant un truc qui se dédouble assez facilement, on obtient avec un peu d'entraînement un

---

† *À la Renaissance naît Faust : L'homme fait un pacte avec le Diable, car c'est son cerveau qui est stérile. Moi, je n'ai encore rien contresigné ; je ferai un pacte avec moi-même.*

double qui se prend pour Dieu. Alors, quand son gamin le fait suer, le gros lard va sur la montagne demander à son double s'il ne faut pas le tuer. C'est bien pratique.

J'ai l'impression d'avoir accompagné plus d'une fois mon père sur la montagne. Une nuit par exemple (certes il fait nuit tôt l'hiver), il me fit monter sur un grillage servant de faux plafond à un poulailler. Je ne sais pas si son électrification faisait partie d'un système ou s'il y avait des fuites (il n'y avait ni normes ni disjoncteurs différentiels), mais quand il brancha le courant, je me suis mis à hurler. Un instinct non éradiqué lui fit couper le 110 volts, et il constata que Dieu n'avait pas voulu de moi pour cette fois.

Nous sommes rentrés sans un mot. On n'était pas éduqué à se plaindre ; s'enquérir de ma santé aurait été encourager le vice, mais quand même. C'est ça qui m'a frappé surtout. Mais je n'imaginais rien. J'ai mis ça avec beaucoup d'autres choses dans un coin de ma tête.

Je ne crois pas à moitié à ce que je laisse entendre ; mais n'y a-t-il que de mon imagination ? La question ne m'a jamais tracassé, car la réponse n'aurait pas altéré mon opinion sur le bonhomme. Pas un mauvais bougre, mais pas fiable. Il pouvait être agi par des impulsions, mais je ne crois pas qu'il m'aurait confié au célèbre abbé Cottard, à qui des fous que je n'invente pas envoyaient leurs enfants pour leur faire subir les épreuves de la mort.

De toute façon, j'ai eu des occasions de me tuer tout seul. Pour ça, j'avais carte blanche.

Initiatique

Leur père leur prêtait tous ses jouets. Ils allaient à l'atelier, à la forge, étaient maçons ou éleveurs. Celui qui arrivait à toucher les pédales d'un véhicule avait l'âge de le conduire. Il était fier de se débrouiller seul. Il devait se montrer plus malin que les autres, sans oublier de les narguer. Cela créait l'émulation. Initiative privée, travail manuel, compétition : devise de la maison Casse-cou. On ne sait qui était le plus glorieux, celui qui s'était fait mal ou ceux qui se moquaient de lui. Les voyant arriver, nos cousins disaient « voilà les bandits ». Quand on n'a pas appris à s'aimer, on n'a pas l'impression de se détester. Maman étant une sainte, son opinion m'aurait intéressé.

Je suivais la même filière précoce, mais sans équipier ni encadrement. À six ans, je voulus monter à cheval ; on n'avait pas le temps, mais on me mit sur la haute jument blanche en me souhaitant bon après-midi. Une heure plus tard, ignorant les cris et les coups du petit d'homme, elle n'avait consenti à avancer que d'une touffe d'herbe à l'autre, et je l'abandonnai après m'être laissé glisser au sol. Même chose avec le vieux tracteur, dont on avait enclenché la vitesse lente ; je finis par sauter en marche.

Dans un film *, un papoose, muni de son seul poignard, rapportait les serres d'un aigle avant le troisième coucher de soleil pour être sacré homme. Il en allait de la survie du groupe. Chez nous aussi ? Alors, il me faudrait encore échapper aussi aux missionnaires, et à tous les Général Custer.

J'étais trop jeune pour être un camarade de jeu. Mais les grands s'occupaient des rites d'initiation ; la découverte que la mer est salée, par exemple. Ou quand ma sœur avala un têtard à trois ans ; on avait mis le bout d'un tuyau dans sa bouche et soufflé dans l'autre. Bien sûr que c'est drôle. Nous adorions être avec eux. Mais j'évitais de leur tourner le dos. Un par un, ils n'étaient pas dangereux ; mais dès qu'on mettait deux grands avec un petit, il se passait un phénomène inexpliqué.

Attendons qu'un beau-frère exhume ses archives filmées. Resurgira alors une scène où ma petite sœur, cinq ans et demi, châle bien ajouré et jupe courte, jambes nues dans ses bottes en plastique rouges, se promène dans la campagne enneigée avec des frères et sœurs habillés chaudement. Bombardée de boules de neige, elle est en larmes. On voit souvent le petit dernier être le chouchou de sa maman, car elle sait que les grands l'embêtent. Chouchou avait ses sœurs aînées. L'une s'esclaffe (c'est moi qui ajoute le son) : « Oh vous êtes vaches », et l'autre est en train de shooter la photo de l'enfant martyre. Quant à moi, on me voit cracher au visage d'un de mes agresseurs – ce n'était pas mal payé.

Hé ! vous êtes une bande de salauds, accusent leurs enfants en visionnant la séquence. Et encore, on ne m'a pas filmé suspendu à la fenêtre par le pantalon... Stop ! Réconciliation nationale... Ne fouillez pas le passé des démocrates chrétiens.

Sérieusement... il n'y avait pas de discrimination entre nous. Mais il se trouve que les petits sont plus faibles.

In cauda venenum

Après que j'eus soufflé ma cinquième bougie, nous montâmes tous coucher ma sœur de seize mois. Pour qu'elle joue un peu dans son lit avant d'éteindre, on me prit des mains le livre qu'on venait de m'offrir. Je fis remarquer qu'elle allait le déchirer, et fus rabroué. Fis remarquer que ça n'avait pas raté, et on blâma ma mesquinerie. Ce fut une leçon... sur le trouble bipolaire. Comme dans une pile, le pôle positif se charge d'affectif, un conducteur sans résistance (et naïf) traîne par là, et c'est le court-circuit vers la pulsion de mort. Les joies familiales sont électriques... J'aurais un jour un camarade de pension revisitant la fable du coup de pied de l'âne, enfant roi dans le rôle du roi des animaux. Refusant de faire son deuil de l'amour de ses parents, qui le gâtaient pour le traiter d'enfant gâté, il piétinait ses cadeaux.

Deux mois plus tard, la bonne me dit que le père Noël allait m'en apporter, des cadeaux. J'y ai cru une heure. Mon père, mécontent, anéantit la superstition tel Moïse le veau d'or. Mais le païen bonhomme garda sa fonction de désillusionnement systématique; "tu crois au père Noël" est répété à l'envi par les grands aux petits, pour leur enjoindre d'abandonner tout espoir et de les suivre en enfer. On reconnaît le radin à son humour qui tourne toujours autour de l'argent ; d'autres ressassent le gag du père Noël qui n'existe pas. Sous le sapin, l'énorme paquet contenait évidemment le jouet le plus petit, enfoui sous du papier journal en boule. La fois suivante, j'eus les crottes de la chèvre dans une boîte de

Pullmoll. Et plus tard à la pension, je recevrais une grande enveloppe, décorée en trompe-l'œil de cadeau d'anniversaire ; à l'intérieur, anonyme : « ça arrive de se faire avoir ». C'était amusant parmi les autres cadeaux, mais un peu obsessionnel.

Bien sûr, c'était de l'humour. Et le contraire de l'humour c'est quand c'est pas drôle. J'avais neuf ans la dernière fois que nous tirâmes les rois. Mes sœurs préparèrent la galette en me disant que c'était pour la tradition (avec ce ton distancié qu'ont les vrais nostalgiques), et que ça amusait les enfants. Très bien, pensai-je, si c'est moi que ça concerne, je vais m'amuser. Je pris une autre fève et l'ajoutai en douce à la galette qui commençait à cuire.

Le premier à en trouver une se fit roi et tous se réjouirent pour lui ; à la seconde, ce fut comme dans un western où les joueurs de poker trouvent un cinquième as. Je voulus ramener la paix, alors chacun me fit comprendre combien j'étais navrant. Je proposai d'identifier la vraie fève, mais c'était trop tard, j'avais gâché la fête, profané la tradition, et traumatisé les gosses. Pourtant je croyais qu'ils savaient que le père Noël n'existait pas. Il était mort en couches.

Ma petite sœur et moi étions théoriquement les seuls enfants, mais il devenait manifeste que seuls les adultes étaient puérils. Il faudrait faire attention quand j'aurais du poil au menton. Hé ! les mômes... emmenez vos adultes au manège, ils adorent retourner en enfance.

Familles je vous haime

Ma mère a vécu la moitié des neuf premières années de son mariage, enceinte. Deux filles nées en un an : une chambrée. Neuf mois de repos, idem avec des garçons. Vingt mois de repos, une troisième chambre de garçons. Elle s'est mariée à la Libération en même temps que tous ceux qui attendaient, et qui firent aussi beaucoup d'enfants. Si bien qu'aux réunions chez ses nombreux frères et sœurs, nous étions plus de quarante. Au milieu de cette effervescence, Grand-Père semblait absent.

À quatre-vingts ans passés, il venait de perdre sa moitié – après la moitié de ses filles – et vivait chez son fils aîné. Quand j'y étais en vacances, il restait assis devant la maison, les deux mains sur sa canne, l'œil rond, soufflant dans sa grosse moustache. On venait le saluer, mais il ne nous racontait jamais rien. Dans les dernières semaines de sa vie, il parlait à un ami dans les tranchées. Lui aussi avait attendu son après-guerre, et avec ma grand-mère, ils avaient repeuplé le pays à toute vitesse.

En 38, après les travaux d'été, ils partirent avec leurs enfants pour une semaine de vacances dans les Vosges. « Les cons ! » avait dit Daladier à son retour de Munich, car – c'est bien connu – ce sont les peuples qui causent les guerres, les politiciens n'y sont pour rien. Mes grands-parents pourtant écourtèrent le séjour, voyant la guerre certaine. Bien sûr, se trouver dans le passage à chaque invasion rend clairvoyant. Avec son frère à elle, qui était meunier, ils achetèrent un moulin à la frontière espagnole, où leurs enfants passèrent l'été 40. Ils avaient les moyens.

Peut-être pas assez pour les parents de mon père ; notre existence tint à un fil de mésalliance. Je voyais bien le côté paternel un peu plus guindé, mais c'était d'abord parce que les cousins avaient dix à vingt ans de plus que moi, nous les voyions donc un peu moins. Mon père disait que ses parents et ses deux frères n'avaient pas le sens de l'humour – quand on voit qui dit ça, on a peur. Il n'y a que sa sœur, effectivement rigolote, avec laquelle il n'ait jamais rompu. Mais selon des sources concordantes, ils n'ont pas connu l'amour maternel. Il y a des gens nés sous X qui réclament de savoir d'où ils viennent, je leur cède ma grand-mère. Un problème d'identité ? venez me voir, je vous ferai un arbre généalogique en espalier et garanti sans coucous. Sans nier l'hérédité, on peut lui dire merde. Il me serait égal d'être fils de facteur.

– Tu n'imagines pas Maman coucher avec le facteur !

Je ne l'ai jamais imaginée coucher avec Papa. Et je dis le facteur par pudeur. Ce n'est pas l'insulter que de ne pas m'occuper de sa vie. D'ailleurs, avec moins de dot, c'est sa belle-mère qui l'aurait considérée comme une traînée.

Le beau parti se mesurait à l'hectare, sauf si on désirait changer de métier. Mais il n'y a pas moins de mariages d'amour dans une société endogame. Et si on est paysan de père en fils, c'est aussi que le savoir-faire s'acquiert peu par diplôme. Sans la famille, il n'y avait pas d'agriculture. Cinq de mes sept oncles s'y consacraient.

Le problème

Le veuf aurait pu sombrer dans l'alcool ou le tabagisme. Je peux témoigner que l'agriculteur qui ne boit pas a existé. Et les rares fois où je l'ai vu accepter une cigarette, je m'amusais de le voir fumer comme un débutant. Non : pour noyer son chagrin, il choisit le travail.

« Travaillez, prenez de la peine », c'est le *Laboureur et ses fils*, qui voudrait persuader que gagner sa vie n'est qu'une question de litres de sueur, et que le travail a toujours sa récompense (au Jugement dernier peut-être). D'ailleurs dans la fable, les fils ne font que retourner la terre, sans semer !

D'une fertilité entretenue par des amendements millénaires, on disait des sols de la région qu'il suffisait de ne pas oublier de semer pour qu'ils rendent. Façon de dire que la terre était assez riche pour vous mettre à l'abri de la ruine, mais il y fallait quand même du travail, et mon père avait largement de quoi faire avec 240 ha. Il s'est pourtant encore lancé dans l'élevage de poules, surtout pondeuses – je ne sais pas combien de milliers.

On flambait encore. On acheta un véhicule tout terrain parce que personne n'avait ça et que ça montait les escaliers. Le Farmobil ne coûtait pas plus qu'une petite auto, donc beaucoup d'argent. Trouver les limites vantées par le constructeur nous prit un mois. Et l'engin utilitaire, au hangar, servit à amuser les mécaniciens en herbe.

Un jouet pouvait encore passer en profits et pertes. Mais quand on travaille à perte, plus on travaille et plus on perd ; et nous avions une bête de somme. Il se serait peut-être ruiné plus tôt sans sa femme pour lui mettre les pieds sur terre et pour tenir les comptes. Mais le vide qu'elle laissa a pu lui faire sentir, par-delà sa religion, l'absurdité de son existence. Comme les Danaïdes coupables de la mort de leurs conjoints, il a rempli son tonneau, et devint lui-même un panier percé.

Assez brodé ; le nœud du conflit familial était la marche des affaires. Je n'étais pas conscient que le rôle des parents était d'assurer l'avenir financier de leurs enfants. Mes frères et sœurs si. Même si la dot n'est pas une obligation juridique, nous étions héritiers de notre mère, et il disposait bien légèrement de ce qui nous appartenait. La question était de savoir si un contrat de mariage empêchait un chef de famille d'être maître chez lui. À sept ans, ces choses me passaient au-dessus.

Les aînés avaient des besoins qu'il ne voulait pas satisfaire, des projets qu'il n'encourageait pas, et le train de vie n'était plus ce qu'il était. Ils ont commencé à se poser des questions. Puis à les lui poser – c'est surtout là que ça a coincé. Alors ils en parlèrent aux oncles et tantes, et tous n'étaient pas réceptifs. La question a traîné des années avant d'être soumise à un juge. En attendant, les week-ends étaient pleins de messes basses, et de conseils de famille dans les chambres. J'aimais l'esprit de solidarité entre mes frères et sœurs tant que l'intérêt était commun. La chienlit, c'était lui. *

Au Pays bleu

Ce pays délicieux, c'est la Provence où je suis né.* Ce pays, c'était notre livre de lecture. L'auteur y disait en soixante textes sa vie de petit garçon, de trois ans jusqu'à huit. Ses cheveux étaient blonds et bouclés, et longs ! Son pays lointain était comme jumelé avec le nôtre (qui n'était pas un *pays*). Il était surtout cyan et orange, et souvent assombri par le mistral – mot magique ! La nostalgie n'y était pas temporelle, mais géographique, sans la tristesse que je détesterais dans le *Château de ma mère*. Peut-être qu'en Provence, des enfants comme nous sont venus au pays vert avec la *Sylvie* de Gérard.

Je me souviens d'avoir rasé le mur de la cour de l'école le jour de la rentrée, et des mots fraternels d'un grand qui, à ma surprise, connaissait mon nom. J'avais presque six ans. Le lendemain, j'y allais en courant. L'institutrice avait les CP et CE, son mari les grands. Elle me mit bientôt avec les CE1 ; en classe unique, c'était vite fait. C'était l'école avec les encriers, les pupitres biplaces, la revue de mains et d'ongles, la blouse, les bons points, la leçon de morale, le bibliobus, Rémi et Colette pour apprendre à lire. La pluie entrait et faisait une flaque sur les carreaux usés du pas de la porte. En récréation, il fallait éviter de se prendre dans les jambes d'un grand lancé au galop. Et la maîtresse allait chez elle sans sortir, c'était derrière le tableau. Nous entendions parfois la cocotte siffler, ou son premier enfant pleurer.

Nous n'avions pas de patois, juste quelques solécismes tels que « je savons pas », dont les *hein ???*

de la maîtresse et les lazzi de la classe eurent rapidement raison. Un nouveau dans le village était passé au travers de la scolarisation obligatoire ; hors de l'école, c'était un dur, mais au CP à quatorze ans, la maîtresse interdisait les rires quand elle le faisait lire.

Le matin, j'étais seul sur le chemin de l'école. Difficile à réveiller – déjà –, je n'avais que le temps de me brûler en buvant mon lait. Je finis bien par arriver en retard. Le pourquoi ne faisait pas une excuse et il n'y avait pas grand chose à inventer. « Mon réveil n'a pas sonné. » Rire général... Et j'étais étonné encore ! Sacré comique. Un jour, la maîtresse s'absenta et me chargea d'écrire au tableau le nom de ceux qui parlaient, en leur mettant un bâton à chaque fois. C'est Thierry qui commença, puis protesta, et toute la classe s'en mêla. À son retour, elle fut surprise de la pagaïe... mais quand elle vit l'état du tableau !... elle éclata de rire. Thierry fut le plus soulagé. La leçon fut bonne pour tous, elle abandonna la méthode.

Il y eut une fois une grosse carotte : trois maquettes de Fontainebleau en carton, à monter. Je gagnai la mienne et me sentis gêné. Être brillant n'avait jamais créé de hiérarchie entre nous. Je m'en vante d'autant plus à l'aise que je trouvais déjà surfaite la question de l'intelligence.
« Comme tu es intelligent ! »
– Comparé à toi, c'est sûr.

Ça et le bonheur :
« Es-tu heureux ? »
– Tu parles de ce que tu ne connais pas, ou bien tu es un imbécile.

Où t'étais ?

À l'école, je me fis rapidement un carnet d'adresses des gamins du pays – village, mot de Parisien, n'était pas usité ; de l'intérieur on disait "le pays", et du dehors, ça avait son nom propre. J'obtins le droit de sortir si je savais mes leçons. Le temps de goûter, ça y était, et au vu de mes résultats, mon père ne contrôla plus. Ce qui était dans la leçon, je le savais déjà, il n'y avait que l'encadré vert à savoir par cœur. Quand c'était trop facile, je ne lisais même pas, ce qui me joua un tour. Interrogé sur les accents, je répondis «l'accent grave fait un son grave, et l'aigu...» Aux éclats de rires, la maîtresse comprit que tous les autres savaient la leçon.

À cinquante mètres en bas de la rue habitaient les D. En réalité, les D. que je fréquentais ne s'appelaient pas D. mais D. Mais on les appelait D. du nom des enfants que leur mère avait d'un premier lit : une fille aînée et trois fils. D. était un nom générique pour désigner une terreur ; ils ne faisaient pas tant de bêtises, simplement ils n'avaient peur de rien.

Ils ne craignaient que leurs parents, et en même temps semblaient les seuls à les avoir apprivoisés. Le père était presque un petit vieux et boitait bas. Avec une pension, deux génisses, une basse-cour et un potager, c'était un affranchi.

Il y eut des têtes brûlées dans le pays, que je connus plus tard, avant que l'alcool leur fasse attaquer un commissariat, mais elles avaient déjà déménagé dans une forêt lointaine quand j'allai à l'école. Les D., eux, n'étaient que des durs, avec un grand cœur.

Les deux plus jeunes – D. qui s'appelaient en fait D. – étaient mes meilleurs copains ; Dédé avait trois ou quatre ans de plus que moi, et Denis mon âge. Nous étions les seuls à pouvoir traîner sans permission, et plus tard que ceux qui l'obtenaient. On allait siffler devant chez eux, et ainsi se constituait la bande. Les maisons étaient tabou, nous n'entrions jamais chez les copains ; mais il y avait assez de place dehors. En général, Dédé et Denis passaient me siffler plutôt que l'inverse ; leur berger allemand, Sultan, aboyait sans arrêt, et s'ils n'étaient pas déjà chez moi, une corvée leur était peut-être tombée dessus.

Juste rentrer pour dîner. Se faire priver de sortie, ça arrivait à d'autres, il ne fallait pas tenter le diable. Mais un jour de pluie, ils voulurent aller aux escargots. Ayant cueilli le deux centième à la lampe de poche, il y avait encore deux kilomètres pour rentrer. Je leur offris ma part en chemin ; ils ne se feraient pas enguirlander avec un tel trésor. J'arrivai trempé, en chemisette, au milieu du repas ; une grande sœur demanda : « Où t'étais ? » et ce fut tout. Je ne pouvais pas leur reprocher de ne pas être aux cent coups, mais je pris note. J'étais peut-être un surplus de baby-boom destiné au commando survie. Ou peut-être se disait-on « Dieu l'a sauvé une fois, il ne l'abandonnera pas maintenant ». Ou encore que j'étais toujours mieux au fond des bois qu'à assister aux disputes. De toute façon, ça m'arrangeait bien.

Chats

À ma connaissance, une ferme livrée à la marmaille du pays, on n'a jamais vu ça nulle part. Quand j'avais cinq ans, il y eut déjà tous les grands de l'âge de mes frères, soit qu'ils bricolassent avec eux, soit qu'on acceptât leur aide pour n'importe quoi. Jusqu'à ce que tout le monde traîne en permanence dans la ferme. Et un jour, ça a dû aller trop loin, mon père s'est fâché et les a poursuivis jusque dans le pays, en auto avec moi à côté. Ça ne rimait à rien, sauf à en rattraper un pour lui botter le train séance tenante. Je me souviens de celui qui a crié : « Vous avez pas le droit, c'est sens interdit ! » mais pas de l'issue de ce safari improbable. Car j'ai pu tout rêver.

La ferme constituant un terrain de jeux de choix, j'y amenais mes copains. Mais passer tous par le portail donnait l'impression d'entrer comme dans un moulin ; c'était plus discret par le clos ou par le jardin. Il y avait des enfilades de greniers, des cachettes aménageables, des trappes et des passages secrets, la poussière, les toiles d'araignées, les rayons de soleil filtrant sous les tuiles. On touchait à tout ; rien n'était vraiment autorisé.

On se cachait autant que possible des ouvriers, qui demandaient « ton père sait que vous êtes là ? » S'il y avait un copain qui pouvait rencontrer son père, même s'il était avec moi, on évitait certains jeux. Quand on voyait le mien, on retenait notre souffle, et il passait souvent sans nous prêter attention ; parfois il demandait ce qu'on faisait là. « On joue... » Et il repartait sans qu'on sache ce qu'il pensait. Il y avait toujours le risque qu'il pousse son fameux cri de ralliement : « Foutez-moi le camp ! » comme le jour où nous avions rassemblé les vieux essieux pour faire une salle d'haltérophilie.

Nous revenions comme les chats, petit à petit. À plus d'une demi-douzaine, valeur présumée de tolérance, on préférait jouer ailleurs. Ça dépendait de ce qu'on faisait. Pas plus de deux dans un cerisier, ou bien autant laisser faire les étourneaux. Zéro dans les fraisiers.

Mes frères et sœurs détestaient les chats, à la phobie pour certains. Le meilleur ami du céréalier depuis les Mésopotamiens accusé de tous les maux après l'invention de la mort-aux-rats, c'est un peu facile. Quand des aînés étaient là, comme ils n'aimaient pas voir notre bazar s'ajouter à la ruine du patrimoine, nous allions faire nos griffes dans les arbres. Mais les chats ne causaient pas de dégâts.

Mal élevé qui traîne les rues ou crapule, je sentis à la façon dont on me taxa de voyou que j'étais au bout du glissement sémantique et de la mauvaise pente. *Mais priez Dieu que tous nous veuille absoudre !* * – c'est mon père qui lisait Villon !

Fais pas ci fais pas ça, ce n'est pas de lui que je l'entendais. Entre les moralistes, les rabat-joie, et un intermittent, je n'eus qu'à trier pour faire mon éducation. Rien ne vaut d'avoir tous les avis.

Cependant, chat échaudé ne craignait pas de se brûler l'autre jambe et jouait toujours dans le séchoir à maïs. Je n'avais pas d'autre paradis.

Démoulage

Notre avenir avait été tracé ; et la trace s'arrêtait. Pour certains près du but, pour d'autres à mi-chemin. Moi qui n'avais rien vu sur le sol, j'ai mis le nez au vent. Notre avenir était dans un moule ; et le moule se cassait. Moi qui restais tout mou, je pris des formes bizarres. Mais les moulages pas secs pouvaient se fendre. *Skhizein.* *

Vous avez le bagage et êtes dans le mauvais train. Vous avez l'habitus mais vous n'avez plus d'habits. Vous croyiez être, alors que c'était avoir. Vous pouvez encore vous refaire, mais on ne se refait pas. Si vous vous casez, ce sera vraiment un mariage d'amour – vous recevez moins d'invitations depuis que vous ne les rendez plus.

Je n'ai pas connu de réceptions chez nous, la grande salle à manger était devenue un débarras. La seule dont je me souvienne fut improvisée dans une écurie. Les invitations lancées par téléphone, aussitôt familles et voisins les plus proches rappliquèrent avec fusils et chiens. Tout le monde chassait – y compris la plupart des femmes – sauf mon père, mais ce jour-là il avait repéré un solitaire sur son domaine. Le solitaire, ce *singularis*, est un vieux sanglier mâle, perceur de murailles d'épine, une grosse bête pleine de terre et de sang. Le plus sauvage des deux fut ramené mort dans une liesse stylée, découpé pendant le buffet campagnard, puis partagé.

Nous ne manquions pourtant pas les fêtes du cercle familial élargi : Noël, ouverture de la chasse, mariages... Un jour que j'avais neuf ans, je dus quitter la fête du village – j'avais dépensé mes sous de toute façon – pour aller à une communion dans la moins punk des familles, celle de mon oncle dresseur. Notre père ne sortait définitivement plus, ses filles essayaient de recoller nos morceaux. Nous étions peu endimanchés, moi j'étais comme j'étais. Les autres disaient « regarde comme tu es habillé », mais j'étais le mannequin qui portait leur misère. Au jardin, je nous sentais un peu à l'écart, et commençais à voir la société comme une horde de rats qui ont la bonne odeur. Un frère – fieffé matois de vingt ans – me demanda s'il me restait des pétards, et sortit son zippo.

– T'es pas fou ? Tiens, fais-le péter toi-même si tu veux.
– Pourquoi ? t'es pas cap' ?

Il tendait toujours le briquet...

– Qui a fait ça ? fit ma tante.

Dans le silence de mort, je me demandais si je devais me dénoncer quand un cousin bien dressé me désigna. « Pas de ça ici ! » cria-t-elle, et le brouhaha de papotages reprit. Dans l'ombre, le Tentateur avait son air narquois. J'allai le traiter de :

– Salaud.
– Eh, c'est toi qui l'as lancé, le pétard !

Un frangin bien dans sa peau... C'est ce que j'aimais chez lui.

Le pire dans ce milieu était de sortir soi-même du moule. Le choix d'un fiancé, d'une profession ou d'un mode de vie farfelus, et vous n'étiez plus leurs enfants. Nous, nous pouvions nous accrocher au train, ceux qui voulaient en descendre étaient jetés sur la voie. On ne préférait pas que vous soyez "pédéraste plutôt que communiste", mais évacué et oublié plutôt que différent.

Mamanderley

Il était en train de changer ma petite sœur quand il m'annonça une surprise pour Noël. Il fallait que je devine. Je n'ai pas tapé trop haut pour commencer, mais c'était toujours quelque chose de mieux. Une moissonneuse-batteuse ? Mieux encore... Alors je ne voyais plus. « Une nouvelle maman. » À six ans, je n'avais encore rien entendu d'aussi stupide : Le clonage n'existait pas.

Il était difficile de l'imaginer amoureux d'une autre que ma mère ; il a dû se remarier sur le conseil d'un ecclésiastique – la seule influence qui s'exerçait sur lui. Reformer la famille chrétienne, l'homme avec son épouse, dans l'intérêt des enfants. Les affinités se sont résumées à trois lignes dans les petites annonces de la presse catholique. Ensuite, aucune des raisons qu'il pouvait y avoir à convoler n'a abouti à un résultat pratique.

Une veuve de son milieu aurait fait une béquille plus solide mais aurait mis le nez dans ses affaires. Ce fut une Parisienne ; pas spécialement sophistiquée, mais son baiser me collait du fond de teint. Il fit de surcroît une bonne action en adoptant sa fille de onze ans, de père inconnu. Nous sommes allés les chercher en auto un soir, dans le décor du générique de *Bonne nuit les petits*. À l'arrière, je voyais mes frères de douze et quatorze ans rigoler comme des andouilles avec leur demi-sœur. Elle a vite déchanté, n'ayant plus sa mère pour elle seule, et se voyant perdue dans la cambrousse au milieu des fous.

Quant à sa mère, elle ne trouva personne d'autre pour l'appeler Maman. Si elle avait lu ou vu *Rebecca* *, elle aurait pu se sentir entourée d'une demi-douzaine de Mrs Danvers... Que dire de leur intimité ? Ce n'est pas côté joies que Mr de Winter était expansif ; je remarquai seulement que quelqu'un à nouveau l'appelait Maxim.

Elle était honnête et de bonne volonté, mais il ne l'a pas aidée à avoir de l'autorité sur les deux petits. Ce que je craignais le plus, perdre mes habitudes, fut déjoué ; mais ses maladresses, son sourire triste, ne lui ont pas davantage gagné notre confiance. Le pire est qu'elle n'eut pas plus d'ascendant sur lui. Et quand elle crut devoir lui dire certaines vérités, elle se retrouva vite à creuser sa propre tranchée. Lors d'un assaut mené depuis celle des enfants, elle servit d'argument. Le forcené osa riposter : « Vous voyez bien qu'elle a un trou dans la tête ! » Je me demandai si trou signifiait vide, ou s'il avait épousé par charité une trépanée. Ils ont été deux ans ensemble avant qu'elle ne cherche un autre job.

On ne choisit pas sa famille ; et ma demi-sœur alors ! Un soir, elle refusa de descendre à table et traita le gueulard de con. D'en bas, tout le monde et sa mère compta les coups sans bouger. Ensuite, elle a dû aller à l'école en pension, et en vacances à Avranches chez son oncle, car j'ai des souvenirs rares avec elle. Il n'y a peut-être qu'avec moi qu'elle eut un contact. On se crêpait souvent le chignon. Exonérés du tabou de l'inceste, la lutte gréco-romaine était une forme de combat amoureux.

Trois ans de vacances

De six à neuf ans, je vis mille jours. Et nous avions autant de jeux. J'ai manqué des dessins animés, mais on ne vit qu'une fois. Il y a les bambins promenés en carriole par un âne appelé Coco, et il y a les gosses qui lancent des pierres et qui sifflent (et se mouchent aussi) avec leurs doigts. Le jet de pierres est un jeu d'adresse et de force ; d'agressivité quand nous faisions les cibles. On tirait à distance, en vue pour laisser le temps de se protéger les yeux, et sans lance-pierres. Pour siffler, on peut utiliser un ou deux doigts de chaque main, ou le pouce et l'index en pince, ou aucun : commencer alors en serrant la lèvre inférieure au-dessus des dents du bas.

On aimait squatter la ferme, avec tous ses bâtiments, son bric-à-brac, ses creux où se glisser : silos, citernes, fosses, trémies. Sauter dans le blé, y nager, se hisser à la corde et sauter encore. Installer un gymkhana vélo ; une planche sur un parpaing faisait une bascule. Ensuite, ça nous faisait une catapulte ; quand je voulus mettre une pierre plus petite pour qu'elle aille bien haut, un copain avait déjà sauté. Elle m'arriva au meilleur endroit : entre les yeux ; mais qu'est-ce que ça saigne...

Il y avait toujours un tas de sable, pas plus réservé aux bébés que le reste aux adultes – et nous pouvions faire du ciment avec. Le tas de cailloux à côté fut partagé entre la bétonnière et nos poches : Les cailloux dans les rues n'y arrivent pas tout seuls ; ce sont nos munitions.

Nous jouions jusque sous la rue : Pendant les travaux du tout-à-l'égout, à l'heure de la soupe, il était à nous.

Où on ne croise jamais un adulte, c'est dans un arbre. On choisit l'isolé, pour ses branches basses, son port étalé et son point de vue. Si c'est un noyer, raison de plus pour le secouer. Les huit tilleuls du jardin étaient idéaux car ils formaient un circuit à un carrefour d'allées. On ajustait le risque au danger. Du marronnier retentit : « Le dernier en bas est un ... » Je fus hélas premier, par oubli d'une branche pourrie. Rentré discrètement m'aliter, je croisai quelqu'un qui me demanda pourquoi j'étais bleu.

Le village se tient au bord d'un plateau. En nous laissant descendre au nord, à l'est ou au sud, on trouvait un cours d'eau. Le plus près n'était pas le moins charmant et coulait au soleil. On ne s'y noyait pas, le fond n'avait pas un mètre, vase comprise. Et si le marchand de glaces était passé klaxonner chez nous, désolés pour lui.

Nous prenions les vélos s'il y avait un but précis à atteindre par la route, ou pour une longue expédition. Mais à pied sur les chemins, on peut s'arrêter à chaque pas, au moindre signal. Aller aux violettes, au muguet, aux girolles, aux noisettes ou aux mûres, c'est un prétexte à flâner. Coquelicot, plantain, gaillet, pissenlit, balsamine, il suffit d'une herbe. La plus banale fait une anche qui vibre entre nos pouces, l'épi de blé un chewing-gum. Agrostis jouet du vent... tu nous le prêtes ? Arrivés aux bois, on fumait des lianes, grillait des épis de maïs ; en se faisant une moustache de leurs soies et discutant de la cabane.

Le travail et la mort

En ce temps-là, on pouvait vous inculquer assez tôt l'adage "tu travailles pas, tu manges pas". Cela m'a été épargné. Pour libérer des partenaires de jeu, je pouvais toujours les aider à récolter les panais pour leurs lapins. En quête de sens, nous courions vers l'action, fuyant le travail : Il y a des buts plus urgents que le bagne. Et si je réclamai un coin de potager, où nous n'avons pas ménagé notre peine, c'était le contraire de la peine aménagée.

Apercevant le ramassage des patates dans le champ d'un voisin, l'un de nous y vit le moyen de nous enrichir rapidement. À la moitié de l'âge légal, nous nous sommes présentés ; on offrait 3 F du sac de 50 kg. Le premier fut rempli, jusqu'à la gueule pour bien nous représenter son comptant de fatigue, et dégoûtés, nous avons filé en abandonnant royalement notre salaire. Chez mon père, nous offrions gracieusement notre aide pour les tâches amusantes, comme attraper les poulets. Comme rugbymen, nous étions efficaces. Pour la paille, nous étions moins utiles, mais nous voulions rentrer en haut de la remorque, pour goûter le péril des cahots et des dévers. Et le jour où on mania la dynamite dans le clos, nous surveillâmes que les gendarmes ne soient pas dans le pays et que personne n'entre dans la ferme.

On nous voyait plus l'hiver, où nous partions moins dans la nature. On n'était pas frileux pour jouer avec la glace et la neige, mais on se rapprochait de la chaleur animale.

Oh le gentil poussin ! La mignonne petite balle

jaune ! Oh ! une piscine de balles... Nous étions là pour les voir déversées sans ménagement par dizaines de cartons de cinquante, futurs poulets de chair. Dans un autre bâtiment, on nous acceptait pour remplir les cartons d'œufs. Ils roulaient sur une immense table inclinée, vers les compartiments que leur attribuait la calibreuse. Cette course contre la machine, c'était comme tourner les *Temps Modernes**. Les œufs pourris ou sans coquille étaient mis précieusement de côté, nous savions quoi en faire.

Nous poussions la porte du poulailler industriel, saisis par le vacarme et l'odeur chaude et irritante de plume et de fiente. Dans les allées entre les batteries de pondeuses, il m'arrivait d'en gifler une, quand elle sortait la tête pour s'alimenter au tapis roulant. Réveille-toi ! Ton ancêtre de basse-cour avait le renard, tu n'as que moi !

Si nous avions été cruels, nous aurions tué des petits oiseaux. Mes aînés étaient chasseurs, moi pas. Je n'avais pas l'âge, certes... Pas plus que celui de conduire, mais quand un copain a dégoté une carabine, nous avons tiré sur des boîtes de conserve. J'ai bien chassé à l'arc, mais ç'aurait été une fatalité de tuer quelque chose (et l'arc c'est bien, mais il faut retrouver les flèches). Nous avons attenté à la vie des poissons, mais la ligne s'est tout de suite emmêlée dans les buissons ; au retour, les D. se comparaient à du poisson pourri car c'était le matériel de leur père. Finalement, nous n'avons tué qu'une martre. Prise dans un piège, on ne pouvait pas la laisser souffrir. Jusqu'à la fin, elle ne nous a pas quittés des yeux.

Les filles

Pour mettre filles et garçons ensemble, heureusement qu'il y a l'école. Elles n'étaient pas enfermées, mais on ne les laissait pas traîner avec des dévoyés. Nous étions payés à être rudes, et elles auraient pu se crever un œil – va marier une borgne ! Beaucoup ne savaient pas taper dans un ballon ni lancer une pierre, quasi handicaps moteurs. Et sans pantalons, on ne va pas dans les arbres. On leur volait leur jeunesse ; c'est-à-dire à peu près tout.

Voire. Je suis mal placé pour parler de ce qu'elles nous cachent et elles n'ont pas spécialement l'air de pénitentes. Au contraire, elles sentent le frais, leurs yeux sont vifs, leurs jambes émeuvent, et on a envie de les embrasser, ce qu'elles veulent bien un peu, beaucoup quand on leur tresse une couronne de trèfles blanc et rose. Cela attendrit l'adulte si ça ne va pas trop loin... Jusqu'à passionnément si nous avions été moins patauds.

On arrivait à avoir des filles avec nous, mais on leur faisait promettre (pour la forme) de ne pas parler de nos cabanes ; nous aussi on peut faire des mystères.

Ma voisine de banc était plus jeune de six mois, ce qui lui faisait deux ans d'avance. Fille d'un confrère de mon père, les gosses de patrons trustaient donc l'excellence scolaire (ce n'était pas systématique au regard du reste de la famille). On se montrait des trucs effrayants : elle se retournait les doigts jusqu'au poignet, j'enfilais mon porte-plume sous la peau de mes paumes (avec de l'encre, je réussis à me tatouer). La maîtresse lui refusa un jour les cabinets, et tout le monde fut pétrifié en voyant la flaque autour de ses pieds. Moi, je savais qu'elle l'avait fait beaucoup exprès. Pour ses sept ans, je lui offris des gravures d'oiseaux, qui ressemblaient à des couvercles de fromage *Roitelet*, mais en plus chic. L'après-midi, en ouvrant son cartable, elle me les rendit : « Ma mère ne veut pas qu'on me donne des cadeaux. » Ce fut mon dernier marivaudage.

Celle-ci pourtant lui permit de m'inviter un jeudi. Occasion unique de visiter les appartements privés d'un camarade, et d'être seul avec ma brune, j'annulai mes sorties sylvestres. Tout allait bien, mais en descendant goûter, elle dit gaiement à sa mère à quoi nous jouions, et lui présenta son fiancé. « Tais-toi donc, inconsciente ! » pensai-je, et elle se fit sèchement réprimander.

La honte me frappa une troisième fois. Elle m'avait prêté un volume de *Mickey* reliés, et au repas, je le tenais encore en attendant que mes aînés s'assoient. Plutôt que leur taper dessus – qui le démangeait –, le paternel me prit le livre des mains « j'ai dit : à table ! » et lui fit traverser la cuisine, soit la largeur de la maison. Un atterrissage à la Clostermann *. Quel con – ce que je n'allais pas pouvoir dire. Elle n'a rien laissé paraître à mon bredouillage, mais mon honneur perdu, c'en était fini de mes fiançailles. Finalement, elle devait grimper aux arbres de son jardin, parce que, à ce que j'ai su, elle est devenue professeur d'éducation physique.

Les cabanes

Citons d'abord la hutte d'Indien. Habillée de jeunes branches élaguées, elle est vite montée, étanche, très esthétique. Et le feuillage peut tenir quelques semaines.

La cabane dans l'arbre est magique parce qu'elle reste dans la tête. La fourche sera assez grande pour y tenir à trois, l'arbre donc aussi assez élevé pour nous mettre hors d'atteinte des bêtes féroces et des curieux. Réunis là-haut, les architectes discutent avec les maîtres d'œuvre, et à défaut de trouver les solutions techniques pour la plate-forme, ils imaginent le deuxième étage. Et en venant à dos d'éléphant, on n'aura pas besoin d'échelle.

Il y a la cabane invisible. A priori, une meule de paille n'est pas une pyramide, mais trouvez le ballot amovible, et derrière s'ouvrira un système de galeries et de cheminées qui vous mènera à la chambre du roi. Idéale par temps frais, si on est nombreux et forts ; l'invention des balles rondes à haute densité a causé sa disparition.

Dans les bois, il y a la cache taillée en trois coups de serpe sous un buisson d'épine, et l'accident de terrain rendu habitable par un ajout de branchages. Et il y a la vraie cabane. La première, bâtie en haut d'une sablière, à quelques mètres du bord, fut riche d'enseignements pour la construction de la suivante, dont une petite clairière herbue nous parut l'emplacement tout indiqué.

Nous partions avec une serpe, une bêche, un bon couteau, de la ficelle à ballots, un peu de fil de fer.

Le gros œuvre mobilisait trois équipes. La première abattait des arbres bien droits (Ø 6-12cm), camouflait son forfait en appliquant de la terre sur les souches et de la mousse par-dessus, et tirait les troncs jusqu'au chantier. La deuxième y creusait les trous et fixait les piliers, ou aidait la troisième à l'assemblage, opéré le plus possible par coinçage, la ficelle étant sujette au pourrissement. Ceux qui étaient fatigués remontaient ravitailler au pays.

Dans un champ, il y avait les "gadoues" : une ancienne marnière transformée en décharge fumante, où nous disputions aux rats les trésors déversés par les camions. Des matériaux de complément y furent choisis. Hormis la plaque bleue, à la porte, qui indiquait *Rue la dîme*, on évita ce qui pouvait faire bidonville, ou kitsch comme chez la *Fiancée du pirate* *. Dix ans plus tard, elle tenait encore.

Je voulus ensuite construire le métro. La ligne devait partir du jardin et desservir le village. « Un métro…? Ton père dira rien ? » Et avec Denis, nous avons creusé au milieu des tilleuls. Voyant qu'on ne nous faisait pas reboucher, nous avons mis la terre un peu partout avec la brouette. Puis nous prîmes un peu de repos, la station en travaux cachée par du feuillage. Jusqu'à ce que Dédé, tombé dans le piège en me coursant – pour ça je lui avais botté les fesses –, nous rejoigne : « Un métro ? vous n'y arriverez jamais... Creusons encore autant, ça nous fera une cabane. » Sous un grand châssis en bois pris à la ferme, recouvert d'humus, nous étions indétectables, et tellement au secret qu'il fallut installer l'éclairage. La pluie, elle, en fit un lac souterrain.

Police

Les parents faisaient la police ; alors les gendarmes, ce n'était pas une trempe, mais le peloton d'exécution. Et eux ça les occupait à plein temps. L'infraction était sur nous, rien que nos vélos n'étaient pas en règle. Nous savions aussi qu'il était interdit d'acheter du tabac à sept ans, et de jouer au baby-foot (le flipper était plus haut encore, et cher). Les cigarettes, la Milo demandait pour qui c'était, et elle avait un mensonge toutes les trois semaines. Pour le baby-foot, c'est elle qui aurait eu l'amende, mais la peur des gendarmes n'est pas quelque chose que nous lui aurions cédé.

Le hasard fit un jour que nous y jouions quand ils se garèrent devant le bar-épicerie (c'est là qu'ils prenaient les nouvelles). Le temps de vite jeter les balles dans les cages, et nous étions dehors. Dernier sorti, je fus arrêté.

– Qu'est-ce que tu fais là ?
– J'ai acheté des bonbons.
– Ils sont où tes bonbons ?
– ... J'les ai déjà mangés !

Ils s'amusaient bien, mais nous ne faisions pas de très bons voleurs, et ils avaient peu à intervenir. Les guerres civiles, par exemple, ne relevaient pas de leur autorité.

On ne dit pas "jouons à la guerre". Comme les adultes, on s'invente des rivalités avant de se mettre dessus. Nous, c'est de la comédie, le lendemain on joue à autre chose ; mais quand on joue, on joue. Et les camps se rééquilibrent aussi naturellement qu'au foot quand une équipe est trop forte ; à la guerre ça s'appelle trahison.

Au débouché d'une ruelle, les deux bandes se virent face à face. Dédé cria vers une allée vide : «Deuxième armée, déployez-vous ! » Or nous étions tous là ! L'ennemi détala pourtant. Peut-être le même jour, eut lieu la suprême bataille. Alors que hors du pays, pacifiques, nous nous cachions en voyant un adulte, notre casse-pipes fut donné en spectacle sur la grand place, au grand scandale des dames accourues de leurs cuisines.

La mêlée ayant été générale, ceux qui se firent appeler Arthur essayèrent de dire qu'ils n'y étaient pas. Je ne sais pas qui a *repayé* les lunettes de Pascal. Ni si le remous influa sur la décision de m'envoyer en pension.

Habituellement, les bandes rivales se composaient autour d'un ballon. Pour monter au terrain, il y avait plus de bons de sortie, car à part nous donner des coups de pieds, nous étions sages. Mais comme si ça ne suffisait pas, le maître d'école nous y a donné rendez-vous un jeudi. On s'est dit "de quoi j'me mêle", "il y connaît rien en foot", "c'est parce qu'il a un sifflet ?" Mais on a mis ses maillots bleus. Le but était de jouer contre des 7-12 ans d'autres villages. Il aurait pu se contenter d'arranger les rencontres, on y serait allés à vélo et on aurait tiré les équipes sur place. Mais ce n'était pas dans l'esprit du sport.

Il y eut peu de matchs, le football resta un impromptu joué ad libitum. Pas toujours pour la beauté du sport ; si le gardien arrêtait tout, on critiquait sa chorégraphie :
– Tu te prends pour Carnus ?! *
– J'ai juste arrêté le but !
– Tu te prends pour Carnus, on joue plus avec un crâneur.

Jeux interdits

Les morts, nous les laissions tranquilles. Ils passaient dans la racine des pissenlits ou dans les vers, et quand il n'y avait plus rien, la tombe commençait à s'enfoncer. Mais l'autre mystère sacré, la vie, avait ce truc qui gigote.

Entre l'âge du touche-pipi et l'adolescence, nous ne sommes pas censés avoir une sexualité. Étant touche-à-tout, on ne se gêne pourtant pas avec ce qui est à portée de main. Et on ne le lâche pas avant d'avoir tout démonté ; ce qui appartient en propre n'est pas sale. Seul ou à deux on réinventa le révélateur d'ondes appelé tube de Branly. Mais d'où venait la perturbation électro-magnétique ? Être amoureux des copines n'empêchait pas de regarder d'autres sortes de femmes. C'est alors que ça a fait tilt. Mais la découverte, on ne la publia pas.

Avant la puberté, certaines choses sont physiologiquement impossibles – vérité scientifique en dix syllabes. Des parents payent cher pour entendre ou lire ça. C'est aussi bien qu'ils ne se doutent de rien, après ils salissent tout. Ils sont passés soit à côté du truc, soit par un âge où ça devient psychiquement impossible de s'en souvenir.

Insister appellerait des représentations, dont je suis moi-même incapable : Les petits garçons sur la photo de classe, c'est nous, mais je n'aurais pas la perversion de m'y projeter. Passons alors aux secrets des plus grands.

Nous en connaissions un bout. Celui qui affirma que des gens du pays avaient eu un enfant par coït, on l'avait laissé dire. Qu'il puisse y avoir deux manières, c'était joli. Ce qui est bien quand on est innocent, c'est qu'on vous prend pour un idiot. Comme quand j'ai dit *putain* devant ma sœur : elle tint à m'apprendre ce que ça voulait dire.

Par temps chaud, bois et champs étaient les lieux des premières amours, et des illicites. Nous n'étions pas voyeurs, mais c'est comme dans les buissons, on tombait parfois sur un nid. Espiègles, nous faisions "excusez-nous" ou bien "oh la laaa !" Pour une fois qu'on faisait peur ! Mais celui qui avait vu ne racontait rien, ç'aurait été comme toucher les oisillons, ils auraient pu être rejetés du nid.

Les moins matures commençaient goujats, juste pour montrer que ça les travaillait, et prenaient une claque – ils n'auraient pas assumé mieux. Plus coquins, ils faisaient la proposition codée : gratter la paume de la belle dont on tient une main ; à portée pour recevoir l'autre ! On restait camarades. Un galant plus entreprenant obtint un rendez-vous cycliste au crépuscule avec ma demi-sœur. Je fis le chaperon. En chemin, elle se retournait en me souriant, mais j'étais trop curieux de leur badinage pour comprendre que c'était à moi de faire le coup de la panne.

Les mots pour le dire avaient une vulgarité spéciale. *Draguer* n'évoque même pas le coquillage – ou alors la moule. *Baiser* n'est truculent que par la voix d'un Marielle. *Faire l'amour* presque pire dans un film avec Trintignant. Question de diction et de circonstance. Au creux de la main on entend le mot qu'on veut. Celui du pays ? Chut ! il n'a de poésie que pour moi. L'usage me la perdrait.

Monsieur le curé

À sept ans, je n'avais pas réglé son compte à Dieu, ça méritait encore réflexion. J'évitais d'en parler, il n'y avait que des avis tranchés et je connaissais à peu près les arguments. Ça ne collait quand même pas trop avec le principe de parcimonie*, ni avec celui de profusion qui m'habitait. Mais en ce qui concerne le clergé, ce fut vite vu. Je pouvais respecter un prêtre âgé, souvent gentil comme une grand-mère, mais notre abbé trentenaire nous paraissait contre nature. Du fard, éclatant de parasitisme.

La fille du maçon, qui était dans ma classe, raconta qu'il avait mangé chez elle. Quand elle avait pris le plat, Tartuffe avait dit : « On se sert devant soi, sans choisir. » À cause de sa mère, son père ne l'avait pas jeté dehors.

Non content d'ennuyer les gens à la messe, il essaya de les embrigader dans le scoutisme. Nous apprendre à nous à vivre dans les bois ? Il ne réussit à constituer qu'une troupe de bambins, mais le savoir sur notre domaine nous déplut fort. Ayant appris où ils iraient, nous finîmes par repérer leurs jolis fanions dans un bois de la commune voisine. Après avoir admiré leurs jeux de bébés, nous hurlâmes : *Wouuuuh !* et les petits louveteaux étaient au bord des larmes. « N'ayez pas peur, fit le curé, je crois savoir qui sont ces loups... » Viens les chercher !

Pour servir sa messe pascale, il essaya de récolter le maximum d'enfants. Il avait convenu avec mon père de passer me chercher pour la répétition ; une après-midi de fichue. Je l'ai guetté au carreau : Il a sonné, klaxonné, appelé, attendu. « Je ne t'entends pas... peut-être que je suis au jardin ? » … Il a fini par partir. Je l'attendis encore un quart d'heure, et après cet acte de présence, sortis.

Chaque jour de la semaine, un des villages avait sa messe, pour ceux qui n'y allaient pas le dimanche au chef-lieu de paroisse (ou je ne sais comment ça s'appelle). Les deux étaient recommandées (l'abbé avait instauré la carte de messe à tamponner) mais j'étais tranquille car la nôtre était déjà le dimanche. Or ça a changé. Pour couper à la seconde, je manœuvrai mon père, évitant la décision arrêtée dont il n'aurait pas démordu. Arriva l'heure, et je n'étais ni censé ne pas y aller, ni dispensé. Je restai dans la rue à jouer au foot avec les D., devant chez eux. L'heure passa. Nous n'avions pas entendu mon père gueuler mon nom au loin, il y avait donc jurisprudence : la fois suivante nous serions au fond de la plaine.

À douze ans, ma petite sœur alla à Lourdes sans son père, et l'aînée, qui en avait trente et habitait à côté, voulut la voir à la pension de famille de Mme Cazenave. Là, le curé lui cria *vade retro*. C'est des paroissiennes que m'en vint l'écho, choquées de voir deux sœurs, séparées depuis cinq ans, empêchées de s'embrasser.

Les années passèrent, et un jour les gendarmes sont allés à l'église. L'abbé les a suivis. Autres gens de robe, autre messe. *Confiteor*, le séculier fut cloîtré. Moralité : pour trouver un loup, cherchez d'abord dans la bergerie. Il m'avait bien semblé aussi que ça sentait fort, là-dedans.

avant toute chose

Un monde sans musique n'existe pas, il y a au moins le vent et les oiseaux, ou la bande-son des activités humaines. Mais on n'aime pas la musique... on respire (...)

À la messe bêlent les agneaux et chevrotent les vieilles biques. Les notes étaient trop blettes pour être bleues – Dieu est donc mort par manque d'enthousiasme. Chuck Berry avait été envoyé aux extraterrestres, mais ma planète à moi n'avait rien reçu. Avec quelques transistors, elle captait les yéyés nationaux – oh dear...

La télé était la meilleure source. Dans les livres, les images illustraient le texte, à la télévision c'est la musique qui illustrait les images. Alors sans Lalo Schifrin, Mannix était foutu (comme serait la musique illustrée par le clip).

Souvent, en grandissant, on cherche un sens à sa vie ; certains cherchent même le sens de la vie. Avant, on essaie dans tous les sens, et la matière première est le bruit. Un copain nous montra fièrement un clairon : il s'était engagé dans la clique de C. Nous y sommes allés aussi. Il y avait surtout des rougeauds moustachus, mais on nous promit trois instruments. Nous allions à chaque répétition en espérant qu'ils seraient arrivés, chaque fois nous restions à regarder. Je manquai la huitième... Dédé et son frère revinrent avec leur clairon ! Mécontent de mon absence, le chef de clique avait donné le mien à un autre. Mais trois clairons, avec le tambour, suffirent à nos concitoyens... Ils durent s'y faire, car on ne pouvait nous envoyer déranger les perdreaux.

À la maison, on me permit d'utiliser l'électrophone ; en semaine, je retriais les 45 tours. Sur le dessus de la pile, l'un me disait de courir pour ma vie... je ne comprenais que *des mots qui vont très bien ensemble* *, sur l'autre face. Je ne voyais pas à qui j'avais affaire, la pochette était en papier. Deux autres que j'usais autant avaient une pochette, et les artistes un nom prononçable, qu'on me traduisit en pierres qui roulent. Un *bagarreur de rue / sans espérances* devait les jeter… dans *un arc-en-ciel* qui me conduisait *à deux mille années-lumière de la maison* *. Je n'étais qu'au tout début du filon, et déjà tout ébloui.

Le plus malheureux dans la famille habitait au bout de la maison, seul occupant de la chambre d'amis ; quelqu'un de droit. C'était le piano, reliquat possible d'un temps où, pour avoir de la musique, il fallait la jouer. En pension, je trouverais un professeur qui me donnerait dix courtes leçons, juste pour essayer de me le faire détester. À neuf ans, avais-je raté ma vie ? Né un autre siècle, dans un autre pays, avec un autre sexe... mon frère se serait appelé Wolfgang.

Mais non, on ne réussit pas sa vie avec la musique. À la fin de l'histoire, j'ai mon bac, et je lis ce mois-là un article dans le premier numéro d'un magazine musical publié par *Le Monde* – signe extérieur de réussite de son lectorat. L'auteur, qui en fit même le chapitre d'un livre, y évalue ainsi un compositeur qui, le premier, parvint à ne vivre que de son écriture : « Pas d'existence plus ratée. »

« Est-ce que je ne mérite pas, moi aussi, une place sur cette terre ? » * Franz... tu n'as même pas de bagnole.

Pé v'là l'maître

Le maître d'école avait la classe unique du cours moyen au certificat d'études – qui existait encore – soit quatre classes d'âge. Le bâtiment était moderne, en bois, sur pilotis ; la pédagogie ultramoderne. Pour les maths, nous avions des boîtiers en plastique au couvercle transparent. Nous allions dans le couloir d'entrée prendre un rouleau de problèmes, qui s'installait à l'intérieur du boîtier. On bobinait sur un rouleau récepteur – question – on bobinait encore – réponse – et ainsi de suite. Pour d'autres matières, on choisissait des fiches ; le plus simple était d'emporter la fiche de corrigé avec. L'orthographe s'apprenait sans dictée. Et à l'arrière d'un meuble de la classe se composait une mosaïque de punaises de sept couleurs : nos auto-évaluations.

Le maître était le conseiller général. Il était là en début et en fin de demi-journée, entre-temps il était souvent ailleurs dans le canton. Il ne fut jamais remplacé. Dans mon souvenir, il était absent l'après-midi ; et quand nous avions assez recopié de corrigés, quelqu'un faisait le pé à la porte et nous nous donnions quartier libre.

Un matin, un grand accrocha au tableau des figures géométriques et le maître donna des aires à calculer pour l'après-midi. C'était peut-être facultatif pour les petits, mais je suis allé lui demander comment on faisait (les formules, je ne pouvais pas les chier). Il répondit que je n'avais qu'à regarder dans mon livre de calcul. Je savais une chose en géométrie, c'est qu'on n'en parlait pas dans le livre de calcul. J'ai quand même vérifié, et puis j'ai trouvé autre chose à faire... Au CM2, je saurais encore faire une addition. L'instruction publique semblait remise aux lendemains chantants de ses victoires électorales.

Il trouva une fois à son retour une empreinte de chaussure sur une table et en identifia le propriétaire. À la sortie, sans aucune forme de procès pour le souffre-douleur de ses propres insuffisances, il lui administra une gifle, seul résidu magistral de la pédagogie pré-moderne. Si puissante, selon les élèves encore présents, que la victime avait pleuré. Son père travaillait chez le mien, il n'avait déjà pas la vie très heureuse ; et orphelin à quinze ans, il irait nourrir ses frère et sœurs. Sans y voir déjà le socialisme frappant la classe ouvrière, nous étions outrés.

Soit que l'opération fût mal concertée, soit par crainte, nous ne fûmes que trois à réagir. Françoise, la plus âgée, Dédé, et moi, décidâmes une grève de la ponctualité l'après-midi suivant. Nous attendîmes au coin de la rue, regardant l'heure au clocher. Dédé y alla après cinq minutes avec son excuse, Françoise suivit après le même temps, et j'arrivai à moins le quart : « Je me suis endormi en lisant dans le fauteuil. »

Le maître reçut le message sans broncher. Il n'en aurait pas obtenu d'autre. Pas de dialectique face à la violence. Nous étions décidés à le laisser avec sa conscience. La fois suivante, nous aurions pu être plus. Des millions peut-être. La génération de mai 69.

Pitié !

Il y a l'auto modèle familial, à huit derrière. À plus, ou si j'en ai assez d'être écrasé, je vais entre la dernière banquette et le haillon, me cachant des gendarmes. Ils s'en doutent, mais il ne faut pas décourager la natalité. Si je tombe sur la route, ce n'est pas plus dangereux qu'être devant sans ceinture. Et pour bébé, on a inventé le hamac accroché aux gouttières. Un lance-pierres, quoi.

En semaine, si mon père part pour ses affaires, il me propose de l'accompagner. Où ? voir quoi ? on rentre quand ? Si je me décide, les essuie-glaces battront la mesure, ou c'est pour des pays étranges. Je ramènerai une bricole, on mangera un croque-monsieur, ou un monsieur me donnera un gadget – "il est sage, votre fils ?" *Fils* prend du sens lorsqu'un bonhomme me regarde.

On traverse des choses qui ne bougent pas, avec l'illusion qu'elles bougent parce que les poteaux font stroboscope. Le conducteur a les avant-bras collés au volant, il double des camions qui disent "je roule pour vous" et si c'est un camion de biscottes, il répond "pas pour moi". Je vois des collègues ; le nez collé bêtement au carreau, ou piétons se traînant derrière leurs parents comme des âmes en peine. Et puis on a mal aux fesses, et aux jambes comme hier soir à cause de la croissance. Si on lit trop, on aura mal au cœur. Je contemple l'ennui.

En suivant les panneaux, on a trouvé un bonhomme et il parle avec. « Vous comprenez... » « Vous savez... » « Pensez-vous ! » Quand c'est un monsieur trop sérieux, je reste dans l'auto, "j'en ai pas pour longtemps". Ouaf !

Le dimanche, on visite les vieilles gens. Ça leur fait plaisir de voir des enfants ; c'est pour ça que je suis là. Je refuse les bonbons par respect pour la guerre 14, et au vague souvenir qu'une bonne qui m'en offrit causa la première crise, où tout le monde avait été malheureux.

Si je n'avais été que cet enfant-là, je mépriserais l'enfance et dirais comme tout le monde que les enfants ne savent pas. Ce n'est pas le même, que je le revoie vaguer ou bien suivre son papa. Un soir, celui-ci se gara devant une boucherie ; il n'y allait pas en client, et à la fermeture, il resta dedans. La rue se vidait, s'éteignait ; restait un tic-tac au tableau de bord. Alors je l'ai vu à un crochet de boucher et me mis à pleurer. Je ne sais ce que voyait ma petite sœur derrière, mais elle a embrayé.

Un orphelin, un vrai, il y en eut bien un à la maison, sans doute placé comme garçon de ferme en *échange* d'un complément d'éducation (quand on n'y arrive pas avec neuf...) Avec un prénom que ne donnaient pas les parents, il ne devait avoir connu que l'orphelinat ; il avait pourtant accumulé le retard scolaire. J'ai partagé ma chambre quelques semaines avec cet enfant silencieux, avant qu'il ne disparaisse du paysage. Quelqu'un l'évoqua bien plus tard : laissé quelques jours avec la tâche d'abreuver les bestiaux, son incurie aurait expédié nos dernières tonnes de viande bovine à l'équarrissage. Où pouvait bien être mon père ? Je ne vois que Lourdes.

Lourdes

Mes parents, qui avaient fait Pau-Lourdes à pied en voyage de noces, ont engendré huit mécréants. Et le phénomène est assez général ; en une génération, même si la religion a continué d'exister comme pilier cynique de l'ordre social, la croyance s'est évaporée. C'est bizarre... On n'est pourtant pas devenu subitement plus intelligent.

Le matérialisme heureux n'a plus besoin d'antidote. L'homme ne dépend plus de Dieu pour sa nourriture ; tout est industriel, il y en aura même bientôt pour tout le monde. Blabla. Enfin... il valait mieux croire au surnaturel que croire n'importe quoi, ou en rien. Je veux bien rire de Lourdes, mais pas avec des gens qui vont à Disney.

Bernadette, comme Jeanne d'Arc, c'est une histoire de fagots. Il y a peu à en dire, ce sont les mêmes attractions d'année en année. Pour y aller, on peut prendre le train de nuit affrété par le diocèse – tout le département y va la même semaine. La sono diffuse *Ave Maria* dans les compartiments ; au retour, les filets à bagages seront chargés de bidons d'eau et de produits dérivés.

Quand on a déjà fait le poireau à une messe, on marche, mais à cette allure de pèlerin, c'est plus fatigant que courir, alors mon père me porte souvent sur ses épaules – quelle foule ! – et ses joues mal rasées me piquent les mains. Enfin on s'arrête de marcher. Pendant qu'il va confesser tous ses péchés, je l'attends en faisant des ricochets sur le Gave. Et s'il ne revient pas ?

Une chose inspire la terreur : la piscine (miraculeuse), bien que ça ne dure qu'une minute. Tout nu, on vous met en guise de pagne une serviette de toile bleue glacée qui a déjà servi, deux costauds vous attrapent par les quatre membres, et vous allez trois secondes à la baille.

Heureusement, il y a un jour de relâche, et l'on va au cirque de Gavarnie. Encore toute une après-midi de marche ; dans un décor de western, ce n'est pas fatigant.

Je suis allé quatre fois à Lourdes, la troisième en formule auto et camping. C'est facile à dater, les radios des campeurs crachaient Paulette et ses *Paupiettes* : j'avais six ans et demi. Il y avait le plus jeune de mes frères, et pour compléter, mon père avait offert le voyage à deux membres de la famille D. Certes, s'il y avait des gens à ramener à la religion, c'étaient bien eux.

Je n'ai qu'un souvenir des lieux saints en leur compagnie. J'étais assis sur un muret derrière un stock de cierges en libre-service où ils servaient les gens, mettant leur argent dans le tronc à leur place. « Merci, vous êtes bien aimables ! » Je trouvais ça louche ! Lorsque deux types en soutane se sont approchés, l'œil suspicieux, mon frère m'a pris la main pour me faire sauter du mur et m'a dit de courir. Derrière, ça criait « aux voleurs ! » Le plus âgé avait treize ans, et il était déjà loin. On n'attrapa que le nom de celui à qui je criais de m'attendre. Se sauver fut facile, il y avait dix mille pèlerins à l'hectare, mais je ne les trouvais pas très malins d'avoir emmené un maillon faible. « Tu dis rien à Papa, hein ! » Tu crois ?

Une vérité de Palissy

Mon père avait le goût de la lecture (et le respect du savoir), et s'endormait souvent dessus. Jeune, il avait été le Grand Meaulnes *. Il avait aussi lu Péguy et Claudel. Il était revenu à plus d'évasion, du roman d'aventures aux récits écologiques de Grey Owl. Plus le Reader's Digest, le Journal de Tintin, l'Album des Jeunes... Je ne sais pas s'il s'ouvrait l'esprit, mais il l'alimentait ; après...

Et quand il lui arrivait de l'étaler, mes sœurs avaient tendance à ricaner de sa culture considérée comme une confiture, et mes frères parce qu'ils n'aimaient pas trop la confiture.

Comme beaucoup de gens, il aimait la petite histoire : le rusé Parmentier, l'héroïque petit Hans Brinker, etc. Il m'avait raconté Bernard Palissy, qui s'était entêté à chercher sa formule magique, jusqu'à brûler ses meubles pour alimenter le four – au désespoir de son épouse. Et il trouva à la dernière chaise. Et moi, je voyais que dans la maison, il y avait moins de meubles, et qu'on ne fabriquait pas encore nous-mêmes les assiettes à casser.

Christophe Colomb, pareil. L'équipage, affamé et désespéré, se mutine, et au moment où ils vont le jeter par-dessus bord et faire demi-tour, quelqu'un aperçoit une mouette. *J'avais pas raison ?!* Et moi, je voyais que dans la maison, il y avait moins à manger, et que l'équipage se réunissait sur la dunette. Faire tenir un œuf debout, *il suffisait d'y penser* ; son élevage de poules pondeuses, on attendait encore de voir.

Il n'est pas nécessaire d'espérer pour entreprendre, ni de réussir pour persévérer, c'était la devise du Taciturne (qui ne se prénommait pas Guillaume*). Certes, persévérer dans l'erreur est diabolique, mais qui lui prouverait son erreur ? Un confrère lui avait suggéré amicalement d'arrêter les poules : il ne lui parlait plus.

Il perdait tellement d'argent qu'on s'est demandé comment il faisait ; il payait peut-être des factures deux fois. Il croyait trop à la valeur du travail pour s'inquiéter de celle de l'argent. Ses deux fils aînés lui proposèrent de prendre deux ans de vacances le temps qu'ils remontent l'affaire (ils n'auraient même pas été majeurs à son retour). Ce n'était pas des trucs à lui dire !

Il disait que la télé faisait devenir légume, mais il la regardait quand même un peu. J'ai suivi avec lui *l'Homme du Picardie*, le feuilleton le plus populaire de l'ORTF. L'histoire me disait quelque chose, à la différence que le héros dirigeait une péniche, et moins d'enfants. À l'avant-dernier épisode, il se préparait à faire une grosse bêtise, et la France entière était suspendue au dénouement. J'étais allé au cinéma deux ans avant (à la salle des fêtes) et avais adoré Bambi, sans faire le lien entre lui et moi. Là je me demandais quelle grosse bêtise ferait mon père, et je ne prévoyais pas que tout le monde puisse s'embrasser à la fin. Mais le public avait de la sympathie pour le type borné au caractère de cochon. Et moi aussi je l'aimais, comme Jim Hawkins* aimait Long John, Ben Gunn, et le chevalier Trelawney. Le trésor, c'est secondaire.

Ding !

Un homme dit souvent avoir été enfant de chœur avec le rire gêné de celui qui avoue avoir été puceau. Moi, il ne fallait pas me prendre pour un enfant de chœur. Mais j'ai porté l'aube, tant que la messe dominicale était célébrée au village. La chorégraphie était légère, mais c'était moins ennuyeux que de faire partie du public et de voir les gens de dos.

Il y a différents postes : les figurants (si on est en trop), les quêteurs, le sonneur, celui qui tient le plateau de burettes, et celui qui verse dans le calice. Je n'ai pas été celui-là deux fois : Sans l'avoir prémédité, je versai très peu de vin, résistant à la force du pouce du curé sur le goulot ; et il ne put m'empêcher de noyer le sang du Christ avec l'eau. « Mon pote, si tu aimes le vin, tu en boiras dans la sacristie. »

La quête permettait de se détendre les jambes. Au premier rang, des Parisiens mettaient leur billet de cinquante – c'étaient nos Américains. Toujours au fond et derniers arrivés, mes aînés s'étaient partagé la monnaie laissée par leur père à la maison. Il arriva que l'un ou l'autre piochât dans la corbeille pour m'embêter, et je chuchotais : « Remets-les, ou je crie. » Ç'aurait été épouvantable, et ils avaient plus intérêt que moi à sauver la paix, puisqu'à dix-huit ans de moyenne d'âge ils venaient à la messe contre leur gré. Alors la ferraille retombait. Mais il était inutile de triompher, car ils continuaient de poser leur pièce en trifouillant le tas, et je devais garder l'œil.

Les D. m'annoncèrent un jour qu'ils viendraient à l'église. Ce qui me fit bien rire. Mais durant la messe, de puissants sifflets résonnèrent dans le vestibule. Un ange passa, le curé soupira : « Je crois savoir qui c'est », ce qui m'amusa beaucoup. Personne ne bougea, pendant que j'imaginais le temps qu'il leur fallait pour détaler hors de vue.

À la pension, il y avait une petite messe le jeudi, et à dix ans, j'y repris du service, une seule fois – pour être sonneur. D'une subtile impulsion du poignet, tous mes prédécesseurs avaient tiré de la cloche un *ding !* d'une exquise discrétion. Mais ce n'était pas l'usage rural. Ma décision prise, j'avais le trac. Tout le monde étant à genoux, j'envoyai mon DRELIN!!!DRELIN!!!DRELIN!!! et eus cent paires d'yeux sur moi. Debout les morts. Quant à la réaction du prêtre, je n'en avais pas idée. Serais-je collé au retour à la sacristie ?… Rien, ou un regard à la dérobée. Il a dû apprécier mon réveille-matin. Surtout, je n'avais pas fait le Malin. J'étais resté impassible – un enfant de chœur.

La réaction des élèves fut encore plus inattendue. Certains y virent un fait d'armes. D'autres l'acte d'un fou, surtout ceux qui paraissaient les moins dociles. La leçon de morale vint de gars qui n'avaient rien de schtroumpfs à lunettes. Car la jeunesse étant rebelle, l'attitude de domination y est celle de l'affranchi ; et les dominants aiment l'ordre (dans ses petits détails). Aux grands les airs de James Dean, aux petits sixièmes les rôles de fayots et d'enfants de chœur. Le faux rebelle, si valorisé aujourd'hui, est la meilleure filière de réussite sociale.

Souvenirs de famille

Ce qui ramenait Maman était souvent culinaire. On évoquait ses bries, qu'elle arrêta au quatrième enfant. On faisait ses recettes, sauf le savon et la peinture ; en mai, c'étaient les beignets d'acacia. On arrêta la limonade, il n'y avait plus que moi comme client. L'héritage, réducteur, oubliait la fille de seize ans, traitant sa chorée * au volant d'une Hotchkiss * sous les Stuka *, jusqu'à Gien en flammes. Elle aurait été bien utile contre le trauma des bombardements d'assiettes. Je les revois, décorées d'une feuille verte ou brune. Pauvres choses.

Parler, c'est justifier, or ils avaient tort. Cela a donné les fameux : « Tu n'as que le droit d'te taire ! » et : « Tu n'auras pas raison ! » Ça tenait encore samedi dimanche ; quand s'ajouta un lundi de Pâques, ça péta pour de bon. Les enfants, montez dans vos chambres. Le théâtre des opérations s'étant déplacé de la cuisine à la cour, nous étions aux premières loges. De la fenêtre voisine, ma petite sœur, qui n'avait pas cinq ans, regardait aussi, en riant : « T'as vu ? Papa a lancé une barre de fer sur M... ! » (*sans l'atteindre*).

Je compris ainsi la fonction protectrice du rire. Depuis la rue, les gamins du pays (coucou !) s'y intéressaient aussi ; comme fait divers, il y avait pire (qui dira l'histoire du boulanger qui se mit le fusil sous le menton ?) L'après-midi, nous rejoignîmes les grands au jardin, il y avait des sit-in. Mais une silhouette vint nous séparer de l'ivraie, et nous sommes rentrés – en silence.

La saison suivante, le fils aîné, études arrêtées, devint travailleur familial, aux ordres du père. Le moins belliqueux, mais le seul que je visse lui faire fermer sa bouche : Nous déjeunions à cinq, une dispute conjugale montait. Déjà fatigué du tracteur, le fils se leva aussi (les deux petits ne se levaient pas de table, ils observaient) et fondit un plomb : « Vous arrêtez, maintenant ! J'en ai assez ! » Comme quoi, on pouvait arriver à quelque chose avec un peu plus de pathos... Mais ça, très peu pour moi. Je n'allais supplier personne d'arrêter. Tout le monde est une grande personne responsable. En tout cas moi.

Il y eut un peu plus tard une de ces réunions du week-end entre renégats, où le même se joignit à la conversation... en langage automatique. Qu'est-ce qu'il dit ? Les autres se sont regardés, et eux ne trouvaient pas ça drôle. Les filles allèrent trouver le père, et lui expliquèrent qu'il fallait évacuer un blessé. J'étais dans les portes, je voyais que les couteaux étaient rentrés... on se parlait entre gens normaux ! L'ennemi devant ses crimes de guerre, on lui faisait appeler la Croix-Rouge. Le premier à quitter la maison alla donc se reposer dans une autre campagne, où il remonta ensuite sur d'autres tracteurs.

Personne ne parlait de soigner mon père, pourtant réputé fou. Un jour, entre copains, on se lançait des injures d'un bout à l'autre de la rue. D'en face, vint « ton père il est fou ! » et Dédé répondit « t'es dégueulasse ! » On était gêné pour celui qui l'avait dit, on savait qu'il regrettait. S'injurier, oui ; mais la vérité c'est une insulte.

Comme les cochons

Quand j'étais petit, je n'étais pas grand. J'écoutais un disque avec quatre chansons d'un chanteur dément *. Dans l'une, il y avait *putain* et *salaud*, la suivante parlait de gens de sa famille, *gais comme le canal*. La dernière, si belle, était *une île.* Mais dans la plus soufflante, on n'entendait que le mot qui n'était pas chanté – et un gros. En costume-cravate sur la pochette, sans même un sourire en coin, le contraire d'un histrion. Ce n'était pas cacher son jeu, mais nier le jeu des apparences. Il ne faisait pas non plus semblant de chanter. En art, il y avait donc une différence entre l'expression et la tapisserie.

Je montrais mon cul à tous les passants ; invoquer l'exhibitionnisme infantile permet d'ignorer le message. Je compris vite que ceux que désignait le titre de la chanson se désignaient eux-mêmes par leur réaction, ou en évitant le mot. Je trouvai un autre amateur et le regardai deux fois... Si les conservateurs soutenaient mon père, ce n'était donc pas forcément toujours réciproque.

Ma grand-mère me dit "veux-tu le cacher". Il venait peu d'étrangers chez nous ; parfois un planeur égaré, que nous suivions à vélo. Il n'atterrissait jamais loin de la route, le blé était cher à indemniser. L'arrivée du chanteur ne m'a pas paru anormale, le monde est petit quand on a huit ans. Devenu acteur, c'était pour le tournage d'un film *. Il ne manqua pas d'honorer de sa visite le zinc de la Milo. Même si c'était pour le rôle, ses cheveux longs y firent sensation. Je ne les vis que plus tard à la télé, et reconnus les lieux dont l'accès avait été fermé, dans la scène finale. Et au dernier plan, lui et Manette courent se cacher derrière une meule, pour faire des choses.

Je lui répondis "veux-tu le lécher?" Bernard Blier ne trouvait pas le sien appétissant. Ni la censure, qui interdit le film aux moins de 18 ans. Ni la critique mangée par les cochons – qui parlait de vulgarité, mot devenu désuet depuis que tout le monde mange à la même auge. Même "bourgeois" tombe à plat maintenant, on ne sait plus comment choquer les gens.

On peut essayer le graffiti. C'est public – chacun le prend pour soi – et anonyme ; et sans personne à qui répondre, un dialogue peut s'établir avec la conscience. Nous en avions mis un à l'entrée du jardin, dans l'esprit d'Arthur Cravan *. Un dimanche, je passai devant avec la moitié de mes frères et sœurs... oups, je l'avais oublié. Pour être vulgaire, c'était vulgaire. Mais il aurait fallu dire obscène ; c'est-à-dire incitatif, même avec "Défense" au début. On m'accusa d'emblée : « avec ses copains, les D. », mais je niai ; pourquoi connaître l'auteur, l'œuvre suffit. Elle était collective – j'avais surveillé l'orthographe et pensé à "jolies" entre "les" et "filles" – et sans équivalent à la Sorbonne : *Il est interdit d'interdire* mon cul, mes couilles a ajouté *l'esclavage* – salaud d'enculé. Tiens, c'est le mot manquant... On ne l'avait pas pris au sens technique ; c'est ce que nous savions de plus érotique.

Un jour ça serait pas mal d'interdire la complaisance.

Au théâtre

La chienlit, c'est d'abord un masque de carnaval. Mensonge et désordre. Ordre et vérité en jeu de miroir.

À Mardi gras, on passait par petits groupes, les gens essayaient de nous reconnaître et donnaient une pièce. La plus grosse, c'est moi qui l'ai eue ; le maître, qui avait démasqué les autres, mit à cinq francs le prix pour me voir.

Pour bien comprendre la fonction du masque, il faut intégrer ce qu'est le premier degré, et pour ça s'inscrire au concours de déguisement des schpountz, à la fête du patelin voisin. Nos sœurs s'étaient décarcassées à déguiser mon frère en Obélix et moi en Astérix. Pour le jury, c'était trop avant-garde de toute façon, mais le gagnant, toque et blouse blanches, était bien plus vrai. « D'ailleurs, il est apprenti cuisinier », fit la dame à côté.

À une autre fête, je vis une pièce avec de vrais acteurs, renommés. C'est un Crésus local (le plus riche restait le roi du Maroc) qui en avait payé la distribution : un match de catch Chéri-Bibi vs l'Ange blanc. À part ça, l'essentiel du spectacle vivant reposait sur la troupe où jouait mon frère aîné – il faisait un défenseur central.

Un matin, Dédé demanda à faire une communication à la classe. Il convia tous les élèves à une représentation théâtrale qui aurait lieu jeudi, et c'était 20 cts l'entrée. Le maître ouvrit des yeux "toi, Dédé, tu fais du théâtre ?"

J'étais furieux, rien n'était prêt. Maintenant c'était trop tard. Pour mes huit ans, j'avais eu un livre d'initiation, avec des scènes à jouer. Lieu, temps, action. Ça nous intéressa dès l'instant où nous avons vu notre théâtre.

Le lieu. Un grenier, jonché de bidons de pesticides vides, cubiques et métalliques, serait la salle – de section triangulaire, le toit étant l'hypoténuse. Un des côtés s'ouvrait à hauteur d'homme sur une soupente : La scène ; elle avait au sol une trappe donnant sur un réduit (et plus bas c'était la niche du chien), ouvrant des perspectives de machinerie.

Le temps. Il manquait à présent, mais Dédé en avait eu assez de nettoyer. La scène surtout, pleine d'une poussière collante. On l'installa en face, en posant deux rangées de bidons, deux colonnes sur les côtés, et une rangée en haut sur une planche pour finir le cadre. Il en restait vingt pour asseoir le public. Le jeudi matin, on ouvrait le livre... À 3 h, nous les vîmes au portail du clos. Horreur ! Tous les gars n'étaient pas sur leur trentain, mais les filles avaient la même marraine que Cendrillon ! Bienvenue dans la crasse. On leur donna la main pour passer sur une planche – le sol du bâtiment d'accès était un peu discontinu. À l'entrée, Thierry n'avait que 10 cts. « Tu rentres pas. » On s'arrangea. Avant l'ouverture du rideau, tout le monde était toujours enchanté d'être là.

L'action. Nous lisions à moitié, c'était terrible. Le public protesta, mais il voulait surtout notre place, et ce fut bientôt du théâtre total, où chacun passait de part et d'autre du rectangle de bidons, jusqu'à ce qu'il ne soit plus qu'un plan symétrique. Et qu'à la fin, tout s'écroule.

Alors les enfants, le théâtre ? – C'était bien, M'sieur !

Manuscrits refusés

Quand j'ai su écrire, mon père me mit un jour devant du papier à lettres. *J'espère que tu vas bien, moi je vais bien.* Je dus recommencer : trop conventionnel. Depuis Cicéron, on s'en tenait à SVBEEV *, et c'était à moi de renouveler le genre SMS ! Bon, quoi sinon ? Sais pas, débrouille-toi. Malgré une heure devant la page blanche, le conseil fut peut-être séminal. Je n'écrivis plus que seul. Quant à la forme, je ne reçus jamais de critique...

J'entrai au CM1 ; deux fois par semaine, la journée commençait par de la littérature. Ceux qui avaient préparé un texte le lisaient au tableau. Le sujet était généralement une anecdote personnelle ou familiale, parfois légèrement compromettante pour un camarade, qui protestait au milieu des rires. Ensuite, un vote désignait celui qui serait imprimé. Les feuillets couleur, demi-format et agrafés, formaient à la fin du trimestre un recueil que les parents pouvaient acheter. J'étais assez prolifique, et j'avais souvent les suffrages de la classe.

J'avais choisi un jour de versifier quelque chose d'imaginaire, et je leur lus les aventures en quatrains d'un renard dans la campagne. C'était ce que j'avais produit de meilleur, et dans un genre inédit. J'étais certain d'être publié : Deux mains se levèrent... C'est le maître qui leva aussitôt le mystère, de manière orageuse. Il accusa la classe de n'avoir voté que par solidarité pour les typographes du jour – mon épopée aurait tenu sur trois pages – et conclut ainsi sa diatribe : « Puisque vous ne voulez pas de ce poème, je vais le garder pour moi, il me plaît. » C'était flatteur, mais je n'avais pas de copie.

Je ne l'aurais pas conservée longtemps. À un an et demi de là (fini la communale), comme mon père me conduisait à la gare un lundi à l'aube, il s'échauffa tout rouge en débitant un monologue au sujet de Mazina, notre jument, qu'il avait vendue à la boucherie. Mais pourquoi cette histoire ancienne, de but en blanc ? « Toi, mon gaillard, tu as trouvé mon cahier de poésie... »

On ne consultait pas un gosse de huit ans sur le sort d'un animal. Je n'avais pas été averti non plus. Quand je l'avais su, j'avais composé une ode en manière d'adieu. Ce n'était pas un pamphlet, mais je me souvins d'un vers accusateur, qui ne visait personne en particulier. Et voilà que quelqu'un biffait le panégyrique avec un sermon. Sans même y faire référence – c'était envoyé au diable. Il avait choisi les dix dernières minutes du week-end pour déballer son truc, et conduire le dispensait de le faire en me regardant. Le train clorait la question en lui laissant le dernier mot : celui qui donne raison – il l'aurait totalement perdue au premier que j'aurais prononcé.

Rentré de la pension le samedi suivant, je cherchai méthodiquement et en vain mes œuvres complètes dans la maison. C'était le pire qu'il m'eût fait. J'oubliai ; ce n'était qu'un débris dans le naufrage. Il en était un autre.

L'autodafé est une chose. Mais tant qu'on n'est pas frappé à la tête, on y garde toujours un original.

Étudiants hi han

J'avais entendu que les étudiants démontaient la tour Eiffel. Dès que j'ai vu mes sœurs, je leur ai demandé si elles pouvaient m'en rapporter un morceau. Elles m'ont dit que ce n'était pas vrai. Une invention du ministère de la propagande. D'accord, mais ce n'était pas une excuse pour ne pas l'avoir fait. C'était du pipeau, cette révolution.

On a beaucoup écrit dessus, le faux est vrai aussi. Y voir la Liberté éclairant le monde, ou se bidonner en entendant ça ; la vérité est la somme de ce que chacun a compris. Rejet de la société de consommation ou liberté de jouir sans entraves, tout le monde ne faisait pas la distinction. Ce qui est sûr, c'est qu'on reconnaît un avant et un après Mai 68, c'est la pierre blanche.

Sans les jeunes à l'étranger, nous n'aurions pas fait nos oreillons. On avait encore les cheveux courts, et où étaient les poètes ? Dylan adapté par un scout. Pourtant, le pays devait abandonner sa morale de privation, car le PIB demandait des jouisseurs. Le pouvoir était promis au baby-boom, mais on n'allait pas leur mettre le pompon dans les mains ! il fallait une crise. S'il cède sans combat, le vieux dominant fait un ulcère, et le jeune est frustré.

Ailleurs, le feu commençait à s'allumer un peu partout. La patrie de la révolution avait l'air fin. Mais on pouvait encore remporter la palme par un gros cinéma ; le préfet Grimaud étant bon enfant, ce serait peu dangereux. Et le public de vieux croûtons a marché comme à Guignol – c'est-à-dire qu'il a joué la pièce, et le monde entier a acheté les images. Les héros sont restés dans l'ombre, et les meneurs, par la suite, changeraient de camp.

Une de mes sœurs habita Belleville quelque temps. Pour le centenaire de la Commune, la télé allemande vint tourner des scènes dans sa cour, engageant amis et frères comme figurants. Je regardais à la fenêtre la révolution, produit d'exportation. Puis récupérai des fac-similés d'affiches ; je crus intéressant de les soumettre à mon professeur d'histoire quand il aborda la Commune. « Grmf », fit-il sans les voir.

En costumes 1970, la même emmena ensuite quatre de ses frères dans une pizzeria. J'ai tout de suite pensé qu'elle avait su ce qui se passerait, que c'était encore un truc initiatique : Un samedi soir de mai au Quartier latin, c'était comme un 11 novembre place de l'Étoile, il y avait forcément du folklore commémoratif. Un pavé cassa la vitre en bas, une grenade profita de la brèche, le gaz monta à l'étage. Keuf, keuf, il fallut sortir. Puis courir. Entre deux rues parallèles, nous choisîmes la bonne car au bout, je vis que l'autre était une souricière. Mais nous avions toujours des porcs à nos trousses. Arrivés à un pont, un de mes frères fut rattrapé, pas loin d'être poussé dans la Seine, et en franc paysan, il protestait haut et fort. Ma sœur lui criait que ça ne servait à rien de discuter. À la vue d'une foule de badauds hostiles arrivant de l'autre rive, le scarabée se replia... Mon frère le traita de trouillard !

Les CRS étaient peut-être assez cons pour frapper aussi un enfant de dix ans... À condition bien sûr de m'avoir à la course.

Le progrès

Au début de cette histoire, on voyait une affiche électorale avec un homme d'État promettant "une France moderne". À côté de lui, un pylône dans un labour : la campagne telle qu'elle serait à la fin de cette histoire – quand il se ferait élire en posant devant la campagne comme elle était au début. Entre-temps, à la télévision, il y eut *La France défigurée*. Mais l'écologie devint politique, et l'émission fut peut-être considérée comme du temps de parole et s'arrêta ; il n'y en eut plus jamais d'autre.

J'ignore s'il y a eu des miracles à Lourdes, mais nous avions un autre lieu de pèlerinage : le Salon de l'agriculture. Il annonçait le printemps, et les miracles y étaient permanents. Pour le peuple élu, c'était le même Dieu, et il lui sacrifiait avec enthousiasme. Champions de l'accident de travail, les paysans seront aussi champions de la maladie professionnelle. Les pesticides, dangereux ? oui, enfin on peut aussi se noyer dans de l'eau de Lourdes.

Les adultes rêvaient donc de pylônes. Il ne leur venait pas à l'idée que l'enfant soit la modernité. Nous étions seulement tombés de la dernière pluie. À l'état de nature.

Cernés entre les vestiges de la vie dure (tel l'ancien lavoir) et toute la prospective autour de l'An 2000 (commençant par la défloration de notre astre poétique), au quotidien la modernité avait peu pour nous séduire. D'ailleurs les enfants sont conservateurs. Ils préfèrent les jouets tout cassés aux tout montés, les engins à pédales aux motorisés.

Et leurs bonbons préférés restent à la mode (seuls les *Treets* ont changé de nom, et les papiers des longs caramels n'ont plus de points DH). Moi, j'aurais juste aimé avoir de l'eau chaude pour le bain, jusqu'au cou s'il vous plaît ; quand une copine changea de maison, c'est de la douche chaude qu'elle nous parla en premier.

Les ouvriers qui faisaient construire, il y avait donc du progrès. Les maisons pourries étaient revendues une bouchée de pain, ou servaient aux Marocains, venus sans famille. Chez nous, il y avait Marcel. Il parlait bien français, mieux que la plupart, qui étaient saisonniers ; c'est lui qui devait les faire venir. C'était mon seul copain adulte ; nous avions en commun que personne ne nous donnait du *Monsieur*.

Un jour, nous nous traitions de noms d'animaux, par jeu. Nous avions rempli l'arche de Noé mais il manquait toujours le chien, et je savais que dans son pays c'était pas un truc à dire. Mais le jeu est le jeu... Alors, comme au *béret* où celui qui le prend doit courir, il m'a coursé en me criant des noms qui n'étaient pas dans la règle. Une autre fois, je lui ai demandé s'il rendrait visite à son roi, qui avait la plus grosse propriété du coin. Il m'a répondu oui... pour le tuer. Ça c'était une idée moderne ! Mais personne ne l'aurait aidé. Les rois, c'est comme la pollution, on n'en veut pas chez soi, mais on est d'accord pour la mettre chez les autres... On se salit quand même.

À l'heure où j'écris, le paysan est officiellement un *pauv'con* ; et la campagne qui fait élire les présidents un espace vert dont la population a été priée de *se casser*.

Coriace

J'avais toujours un âge à un chiffre, et je semblais retourné à l'état sauvage. Un sauvage assez instruit, avec une philosophie en deux points. Un : Penser et agir en dépit de ce qui est enseigné – donné faux a priori – en se fiant à son instinct. Deux : N'avoir d'a priori sur personne, mais s'attendre à tout de la part de tout le monde.

Devant la glace, on ne s'imagine même pas après la métamorphose, mais on voit les épreuves de socialisation échelonnées devant soi, comme une série de reniements.

On peut être obligé d'aller à la messe, pas de faire sa profession de foi ; ce n'est pas compliqué de dire non... Pourtant ça surprend : « Tu es bien con, tu aurais eu une montre... » Je n'aime pas qu'on me tienne le poignet, et j'ai mon horloge interne.

Pour le Père Noël, j'ai tenu ma langue, mais là ça devient un rite d'initiation à l'hypocrisie. Il faudra bientôt muer de cette peau de communiant pour apprendre à se bouffer les uns les autres. Comme si, pour devenir assez cynique, il fallait d'abord passer par les valeurs naïves...

Ça c'était réglé. Il y aurait aussi les cérémonies d'intégration appelées bizutage. Ça ne fait pas de mal ? Essayez seulement pour voir. Mais il n'y en a pas eu. Le fascisme passait par une phase honteuse. Et je n'ai pas fait de secte d'ingénieurs.

Je ne me voyais pas conscrit. L'armée non plus. Elle n'avait rien à gagner avec moi, je n'avais rien à perdre.

Je ne me voyais pas en marié. Non mais ça va pas !? Ils sont attendrissants, les mariés. C'était marrant de les voir jubiler comme si on leur servait une part de gâteau.

Il y aurait enfin le caporalisme de la vie active, mais c'était loin, et il y avait tellement de métiers. Cascadeur ?

En attendant, on rejette la mode des cheveux courts, symboles d'impuissance et de soumission, une mode partie pour durer mille ans. « Va te faire couper les cheveux » : Retarder l'échéance le plus possible – jusqu'à se peigner. Car on aura l'air d'un crétin ; ou de s'appeler Georges. Mais si on traîne trop, on y sera traîné et ce sera pire. Le mieux est d'y aller en force à plusieurs : le merlan a la main moins lourde et on se console ensemble. Dès qu'on sera sur le trottoir, on s'ébouriffera, et on pourra entendre à nouveau : « Tu n'as pas de peigne ? »

Le cheveu, c'est la jeunesse. Certains coiffeurs, avec leur clientèle de vieux chauves, haïssaient l'un et l'autre. Je me fis un jour jeter dans la rue les cheveux à moitié coupés, avec un mot pour mes parents. Et trouvai un salon plus moderne qui voulut bien me terminer ; on m'y chercha en vain des poux dans la tête.

Quand il faudra sauver l'essentiel, qui est la propreté, viendra l'expression consacrée : « Je n'ai rien contre les cheveux longs, du moment qu'ils sont propres. » Alors, le premier de la classe les aura aussi. Le mauvais garçon attrapera les ciseaux. Et la boucle sera joliment bouclée.

Au fond j'étais un bon petit gars. Je ne peux pas me vanter d'avoir été un mauvais garçon. Mais la société n'a rien contre les gangsters du moment qu'ils sont propres. Alors, sale et pas peigné, ça suffisait largement.

St Agil

La pension ne s'appelle St Agil que dans les romans qu'elle inspire aux anciens élèves *. Certains appellent ça école de curés, mais on n'y trouve que six prêtres, soit autant que de femmes. Plus une dizaine de mâles, et je compte un éducateur pour dix garçons. Pas d'uniformes, les heures de colle y sont un récit légendaire, et ce n'est pas plus religieux qu'une école publique alsacienne.

Cette valise que je monte au dortoir est pesante. La vie depuis les origines a été plus courte que le temps à passer dans cette tombe. Je pourrais désespérer, si je savais de quoi. Je vais peut-être disparaître dans la nuit.

On ne sort plus ! En revanche, ensemble 24 h/24, c'est une vraie société. Nous en forgerons les codes. Mais pas les lois, l'économie, ou les buts. Dans ce monde en vase clos – le mur d'enceinte est haut et sombre –, les externes sont d'aimables touristes, et les adultes des ombres. Avec le dehors, aucun contact radio. Quand le Père économe, qui surveille le réfectoire au sous-sol, distribue le courrier, c'est sûrement la *Fée bleue* qui a écrit.

Les meilleurs copains, on saura à peine où ils habitent ni ce que font leurs parents. Il n'y a que l'optimiste, celui qui a une boîte à provisions avec un cadenas à chiffre, qui parle de son autre vie. Il est bien gentil. On n'en a rien à faire.

Parti depuis quinze jours, un fugueur s'est fait rattraper en Forêt-Noire ; on a des attentions pour lui mais on ne dit rien, même pas "bravo d'avoir essayé".

On étudie par défaut. La concentration chute et on est parti ; on ne saura jamais par où. Si on rit, c'est pour s'oxygéner. Si on se bat, c'est pour se faire plaisir. Si on joue aux billes – trou, tiquette, triangle – c'est par ennui.

Les punitions sont rares, légères les taloches, mais on ne s'habitue pas à se faire tirer par les petits cheveux. Je n'ai jamais vu frapper quelqu'un… c'est seulement parce que je n'ai pas vu le coup arriver : Toute la 6e était tétanisée, moi je gagnais la grande croix du respect. L'ironie de la fable que je savais mal, c'est qu'elle s'appelait *Le Loup et le Chien* *. Tout y était : "Quittez les bois", le salaire du prof, et son embonpoint. L'on étudiait donc la littérature anarchiste par pédagogie orwellienne. Puer homini canis.*

Un pion : « Qu'est-ce qu'elle dirait, ta mère, hein ? » Je ne tenais pas à la réplique des *400 Coups* * (l'acteur était crispant). Mais il voulait absolument une réponse. Tant pis pour toi, t'es trop con… « Elle est morte. »

Il restait 20 % d'éducateurs pour qui on se serait fait tuer, c'est pas mal. On est tenté de dire que la pédagogie ne s'apprend pas. À mon avis si, mais pas dans un manuel. Il y a ceux qui ont le truc et les autres ; et un fossé au milieu. Notre prof de gym en particulier obtenait des résultats fabuleux. Dans le vestiaire, il y avait le tableau des records de l'école en athlétisme. Y avoir son nom n'était pas rien : un sur dix était un record national !

Il y a les profs qui disent "avec eux, je démissionne". Ce sont pourtant nos favoris qui ont démissionné, et ce n'était pas à cause de nous. Alors voyez-vous pourquoi ?

Ambiance

Je vis dans une famille de fous. Je n'ai jamais dit ça, mais je l'ai tant entendu de jeunes qui étouffaient chez eux ; c'est de la dernière banalité. La famille moderne doit être une maladie mentale, et son foyer un asile aliénant.

Le nôtre, mon père commençait à dire que si c'était un restaurant, ce serait 5 F le repas. Et on lui répondait que c'était cher pour manger du poulet crevé. Crevé, peut-être pas, crevard sans doute. L'atmosphère était parricide ; on ricanait en écoutant l'histoire du type à qui on sert de la poule tous les dimanches, jusqu'au jour où il jette sa fourchette et sort avec son couteau. Et sa gouvernante lui crie : « Mais où allez-vous, M. Ravaillac ? »

Même le chien, il ne voulait plus le nourrir, et menaçait régulièrement de le tuer si fils n°2 ne s'en occupait pas. Lequel répondait qu'il n'était pas à lui, ou bien qu'il l'emmènerait quand il habiterait quelque part. Il l'avait eu pour ses seize ans avec le permis de chasse, mais l'avait assez mal dressé. C'était surtout le chien de la ferme.

La clé de ce qui se passait était la mise sous tutelle de la part de feue Maman, que son veuf ne digérait pas. Ça n'aurait pas suffi à m'expliquer que tout foute le camp.

Un samedi où je n'avais pas couru assez vite pour avoir le train de midi, je téléphonai pour qu'on vienne me chercher... et attendis jusqu'à la micheline du soir. Je me voyais marcher encore une heure dans la nuit, les observer par une fenêtre, et partir. Mais une voiture était à la gare. Et rien ; ni merci d'avoir prévenu... Je fis (aussi ?) comme si de rien n'était, et mangeai tranquillement mon premier repas depuis la veille. Steve McQueen n'a pas seulement fait l'Actors' Studio, il avait forcément vécu.

Peut-être que personne ne voulait *être le con*. Comme la fois où les plombs sautaient pendant le film (on en était là le dimanche). Tous disaient s'en ficher, mais attendaient sur leur chaise. Je sortis dix fois dans la pluie remettre le disjoncteur au-dessus de l'étable. Entendant rire à la onzième, je restai autre part à me faire le film seul. Tant pis si on me demandait ensuite si j'étais vexé.

C'était un setter irlandais, bon compagnon mais trop fou pour qu'on le laisse entrer dans la maison ; un sprinter qui ne déviait pas sa trajectoire si je m'y trouvais. Un samedi où personne n'était là, mon père me gueula d'aller le chercher car il embêtait des Parisiens (que n'y vas-tu toi-même !) J'ignorais que ces barbares avaient accueilli avec des bâtons le citoyen venu leur faire fête. Il en revenait ; je lui criai "à la niche" en lui montrant la direction. Mais il vint lentement sur moi, en grognant, et me sauta à la gorge. Je me protégeai, et c'est au-dessus du coude qu'il planta ses quatre crocs. Il me reconnut au goût et fila aussitôt à la niche. Quand je revins couturé, j'allai lui tendre la main gauche à travers sa porte. Il était désolé.

Le samedi suivant, je coupai les huit fils devant tout le monde et les tirai, me demandant qui serait le premier à dire que j'étais douillet.

Ensuite, mon père ne parla plus de tuer le chien. C'est peut-être grâce à moi.

Chicken run

En voiture, les pères de famille disaient : « Si tu n'es pas sage, je te laisse au bord de la route. » Le nôtre le faisait. Et après un certain temps, l'auto revenait. Mais un jour, le sixième (onze ans) avait disparu. La sentence ne stipulait pas qu'il attendît. Tandis qu'on le cherchait partout, il était rentré en courant à travers la plaine, et se faisait discret dans sa chambre.

À douze ans, son air ténébreux lui valait déjà des succès féminins. Il reçut une lettre, essuya quelques railleries, et au lieu de l'ouvrir, ôta un cercle de la cuisinière à charbon (celle sur laquelle il était si amusant de cracher). J'avais un âge où le courrier est sacré, on ne pouvait pas le brûler sans le lire, même si c'était vraiment de la publicité. « Donne-la moi, si tu n'en veux pas ! »

À treize ans, il dirigeait son élevage de cailles ; et un autre de pintades. Il en découpa une dans une tôle, qu'il peignit et scella lui-même à l'entrée de la ferme, comme enseigne. À six mètres de haut, personne ne la voyait, mais il pouvait être fier. S'il s'est cassé chaque membre au moins une fois, ce n'est pas que de la fragilité. De l'intrépidité, et aussi un peu d'étourderie. À quatorze ans, il remplit son briquet à la pompe de la ferme – c'est peu pratique – et arrosa son pantalon, qui prit feu au premier essai de flamme. Je ne fus le témoin – auditif – que de l'engueulade qu'il prit quand son père rentra et monta le voir dans sa chambre. Je pensai donc que ce n'était pas trop grave… Il eut pourtant une greffe de peau au mollet.

Il était une fois un paysan qui trouva ses cultures hachées par la grêle. Il replanta. Puis il les retrouva mangées par les doryphores. Il replanta. Puis il vit que les Huns y étaient passés. Il replanta. Puis il eut une magnifique récolte, mais n'eut pas d'acheteur. Il replanta. Puis on lui prit ses champs. Et dans sa tête, il replantait.

Un autre avait cinq fils ; trois avaient fait des écoles d'agriculture ; et bien que sa ferme allât être cédée, il y mit encore le quatrième (ça s'appelle avoir la foi). Lequel eut d'autres vues à quinze ans ; quoique moins rebuté par la lecture que ses frères, l'école Boulle n'était pas la pire filière pour un dyslexique *. Il fugua pour s'y inscrire. Et à nouveau, son père le chercha, avec les gendarmes.

La seconde tentative fut la bonne. Mais j'ignorais tout. Je voyais seulement que sur huit, nous étions encore trois, puis, sans explication, deux. Et je ne posais plus de questions. Même l'évadé ne se confiait pas. Trois semaines après qu'il eut disparu une première fois, le père partit un soir en me laissant à la cave. Cimentée, à l'éclairage blafard, comme le *frigo* de l'oflag de *La Grande Évasion* *, avec un tas de balles de base-ball – les patates dont je devais couper les germes. J'étais étonné d'avoir cette corvée. À son retour, il descendit deux marches ; à côté de lui, aussi gai : le n° 6 ramené au *Village* *. Silence...

Ce n'est pas un jeu pour cinéphiles. Ces mythes faisaient fonctionner une histoire dont personne ne me donnait le script. Celui préparé par mon père ne collait pas du tout : « Eh bien, tu n'embrasses pas ton frère ? »

Changements

Je connais mes deux futurs beaux-frères depuis que j'ai neuf ans ; quand ils venaient, on respectait la vaisselle. Un frère nous a aussi présenté sa fiancée. En la voyant, j'ai pensé qu'il était tiré d'affaire, mais qu'il ferait mieux de l'emmener vite loin d'ici avant qu'elle ne prenne peur.

On dirait qu'un traité a été signé. La maison ne fait plus hôtel ni restaurant, mais des interdits de séjour pendant huit mois y entrent à nouveau, avec un drapeau blanc ; vident peut-être leurs armoires avant qu'elles ne soient vendues. Et obtiennent même de m'emmener avec eux en vacances. Content de les revoir ! À la rentrée, la femme du frère du père vient me chercher. Elle me dit de prendre mes affaires car j'aurai ma chambre chez elle.

L'oncle avait la tutelle des cinq mineurs. Presque trois gagnaient leur vie et pour enlever la dernière à son père, il aurait fallu le tuer d'abord. J'allai donc seul. Tuteur, ce n'était pas très clair (et pas que pour moi, à ce que je verrais). Il avait déjà autorité en tant qu'oncle, même s'il m'était peu familier. La vie changea peu. Il habitait la ville où était mon école, je ne quittais que le dortoir. Surtout je n'avais plus à me retenir... ces immondes latrines à la turque ! Et je rentrais toujours le samedi chez mon père. Celui-ci gardait un corps de ferme de l'autre côté de la rue, où il aurait encore des poules, et cédait le reste. Six mois après, il était toujours dans la maison... Le repreneur lui offrit le logement dans une maison ouvrière vide, le temps qu'il termine son appartement. Il serait un peu de guingois – le même ouvrier y fit tous les corps de métier.

Le dernier frère qui passa avant le déménagement, pour faire un dernier sac, en vida un autre en partant. Il essaya de monter le volume comme au bon vieux temps, mais le père ne voulait plus jouer à ça, et sans crier, le pria de s'en aller. L'autre lui annonça alors qu'il allait être grand-père « mais je sais que tu t'en fous ! » Le mot était fort, mais c'était à peu près ça. Il le leur avait déjà bramé : « Je n'irai jamais à vos mariages, ni à vos enterrements ! »

– De toute façon, l'avaient-ils moqué, on ne t'invitera pas !

À un mois près, c'est trois naissances que le vieux aurait pu apprendre. À seulement cinquante ans, la roue tournait bel et bien. Mais il en fallait plus pour l'abattre.

Je n'étais pas une petite souris et n'écoutais pas aux portes. J'en ai sûrement raté, mais tout était ouvert. La seule scène que j'aie vue en cachette avait le carré blanc : *Et Dieu créa la femme* *, franchement, c'était moyen.

Partir : mourir un peu ? C'est mourir qui serait partir beaucoup. Je m'adapte sans problème à la vie urbaine. On dit que les citadins sont toujours pressés, pourtant ils ne courent pas tellement. Ils ont peut-être peur que la police leur tire dessus. Sont affolés de nous voir passer, c'est encore plus amusant. Je n'abandonne pas la tauromachie, mais elle évolue aussi : au milieu du trafic, les coups de corne sont auditifs. Attention, c'est dangereux !

Et puis il y a l'anonymat : euphémisme à indifférence. On ne dit plus bonjour à la dame, elle ne répondrait pas.

Le Diable nous envoie

Dans Paris, une femme vient de payer une contre-danse. Elle ramasse le sabot dont on a libéré sa *Dauphine* et le met dans son coffre : « À ce prix-là, je le garde. »

C'est ma tante, née deux ans jour pour jour après ma mère. Elle habite seule un sept pièces dans un premier étage haussmannien de Pigalle, mais rassure ses invités, des chercheurs du monde entier : Le quartier est le plus sûr de Paris, l'intérêt du Milieu est que les passants ne prennent pas une balle perdue. Là se forme l'hypothèse que le pays soit une fédération de pouvoirs locaux, et la République un sédatif pour les caves. Il me faudra vérifier.

Pour sa famille de paysans, sa réussite est incontestable et on ne lui fait pas grief de son image de femme indépendante. Tout au plus la taxe-t-on d'originale. Elle ne renie pourtant pas ses origines. Elle est d'ailleurs la seule à élever encore des dindons... dans son labo. Et sauf si elle est à Rio pour une conférence, elle vient aux fêtes de famille. Et puis elle est aussi pédiatre ; et quand il faut un spécialiste, elle connaît les meilleures adresses.

En parcourant les murs de son salon, on finit par découvrir ce placard en terre cuite, probable cadeau familial : « Ceux à qui le bon Dieu n'a pas donné d'enfants, le Diable leur a envoyé des neveux. » Elle en a trente, et qu'ils soient étudiants, touristes ou voyageurs, cousins et cousines se croisent souvent ici. Elle réserve à chacun des souvenirs de ses voyages, ou les timbres de sa folle correspondance.

Il y a des gens effrayés du désordre apparent qui règne chez elle. Moi, c'est plutôt de toutes ces cartes de vœux auxquelles elle va devoir répondre !

Elle s'occupe en particulier de nous huit. D'abord de loin ; puis au fur et à mesure des défections, elle co-organise la conjuration, héberge, nourrit, habille, soigne… Et réunit : Avec les futurs petits-neveux, ce sera à Noël tous les ans.

À dix ans, je commence à voyager seul sur les grandes lignes. La première fois, je ne prends pas le métro, c'est elle qui m'attend gare de Lyon. Mais mon train est arrêté en rase campagne, avec ordre d'évacuer (descendus dans un verger, les voyageurs promettaient de se plaindre à la compagnie, et pillaient les pruniers). N'importe qui m'ayant attendu quatre heures m'aurait accueilli avec une longue mine et un soupir. Avec elle, ce n'est qu'une joie enthousiaste. Je ne suis pas un sabot...

Si ma tante en avait... on l'appellerait M. le Directeur. Car la médecine française est une phallocratie. Qui lui a aussi coûté le Nobel. Elle ne le crie pas sur les toits, mais elle refusera trois fois la Légion d'Honneur, ce hochet, et aussi l'Académie le jour où la femme de service y décédera.

Elle fréquente bien un Nobel, mais il est de littérature. Il reçoit des tas de livres dédicacés d'autres auteurs, dont elle le débarrasse. Elle trouvera bien des amateurs.

« Véritablement bon est l'homme rare qui jamais ne blâme les gens des maux qui leur arrivent » (Valéry). Et quand les maux sont les enfants, rare le médecin qui ne les traite pas à la Ritaline. Plus rare encore est ma tante.

Mon oncle (et ma tante)

Un nain passe la porte, salué par Blanche-Neige, deux biches face à face bondissent sur des clochettes. 15 mn plus tard, la scène se reproduit avec un deuxième nain. Puis ils sont trois. Le quatrième et le cinquième entrent ensemble, et tous se dirigent vers la marâtre au bout de la pièce. Elle se tourne vers son miroir, lui donne des coups de pied, un pour chaque heure. Les nains s'arrêtent, effectuent un quart de tour, nous saluent bas, repassent devant la belle, et disparaissent dans le mur.

Mon oncle, ingénieur en mécanique, a fabriqué cette horloge. Il a aussi fait les plans de la maison. À part le petit salon, tout est d'un style contemporain années 50. Et l'accueil est soigné : le hall mange un quart du volume.

Ici, personne ne crie : « Ah ! la paix !!! » Jamais de cris ni de pleurs. On mène une vie réglée, un peu austère. La nourriture est solide et économique, l'auto modeste, les loisirs ne coûtent rien : Le dimanche, et les trois semaines de congé estival dans le Tyrol, ils font de la randonnée. Il n'a que deux vices : le cigarillo, après le travail ; et le whisky s'il y a une visite, ou samedi midi – sa semaine finie. Rentré du travail, il lit le *Figaro*, ou en étudie la rubrique d'échecs. À moins que ce ne soit la partie ajournée vendredi soir au club qu'il a fondé. Son jeu est sage ; il fait des sacrifices dans la vie, mais pas sur la case e6. C'est sa seule sortie. Ma tante n'ose pas accepter un dîner en ville, et se lamente : « Mon mari est un ours ! »

À table, le silence serait gênant si ça nous gênait l'un ou l'autre. « Avec vous, je ne suis pas gâtée », s'exclame ma tante. Mais c'est l'heure du journal télévisé, et avec la troisième chaîne, il est plus rare qu'on éteigne après. Ils prennent les fauteuils, je remonte dans ma chambre ; tout à l'heure, elle servira la tisane sur la table de bridge.

Ils ont eu très vite quatre enfants après la guerre, partis tout aussi vite après leur bac. Il y a eu un vide, que j'arrive pour combler. On me présente comme "le fils de la maison". Quand je vois mes cousines, c'est un "ça va ?" très positif, mais vraiment interrogatif. Elles ont peut-être recommandé à leurs parents d'assouplir leur système d'éducation. Ils en reviennent sûrement un peu tout seuls. Je crois qu'ils craignent que l'aîné ne finisse vieux garçon ; et le second fils, qui a suivi la même école que son père, pourrait bien être allé élever des chèvres dans la montagne. Enfin, ils sont fâchés, et sa mère semble secrètement chagrinée de la rigidité de son mari.

Son air sévère n'est pas spécialement pour moi, je croirai même qu'il m'a vraiment à la bonne en voyant comment il traite ses gendres, par exemple. Mais avec ses longs sourcils tout dressés, il fait peur aux enfants. Ses risettes pour les amadouer sont du plus haut comique... Ils le regardent l'air de dire "qui c'est celui-là ?"

Je vis entre deux frères ennemis qui ne se voient ni ne se parlent jamais. Seule ma tante me demande le lundi si ça a été. Ma tante passe pour une femme soumise et très vieux jeu. En sept ans, elle ne m'a jamais fait souffrir.

Gonflés à bloc

Je ne jetais plus de pierres ; je commençais à les garder, au contraire. Mais je continuais à courir. En ville, il y a des activités proposées à la jeunesse, à condition d'être dans un club. Je pris une licence, et m'intéressai aux champions. Il y avait Wilma *, qui avait trois fois plus de frères et sœurs que moi, et j'avais l'âge où elle avait commencé à marcher. Quand on a des fourmis dans les jambes, on n'a pas besoin d'apprendre l'abnégation et le sens de l'effort. Et quand on sait déjà que la vie est une lutte, la compétition sportive devient une fête entre amis.

Je ne sais pas si quelqu'un a fait plus qu'elle, à la fois pour les enfants, les femmes et les Noirs. Elle n'était pas seule à montrer du courage. En 68, le plus célèbre des coureurs de fond fut une figure du printemps de Prague, et les trois gars les plus rapides du monde défiaient l'oppression sur un podium. En 72, celui du 400 m ferait encore davantage scandale ; la nonchalance étant moins médiatique que le poing levé, personne ne s'en souvient.

La course à pied me fournissait des héros. Je me trouvai un jour dans un vestiaire après un cross, et je vis Michel Jazy. En slip aussi. C'était très loin du *star system*.

Avant la compétition, on disait *Que le meilleur gagne !* C'était un vœu qui respectait l'incertitude du sport. Aujourd'hui, on s'empresse de dire – après – que le meilleur a gagné. Car pour la main invisible, il n'y a pas d'aléa, pas de place pour le jeu. Et sur la ligne d'arrivée, le vainqueur se drape dans la bannière nationale, pendant que le vaincu pleurniche : « Je

demande pardon à ceux qui ont investi en moi... »
Il est salarié d'un marchand d'armes ; et il faudra le
désintoxiquer en fin de carrière.

En attendant d'avoir des corps d'athlètes, on
continue de pousser ; un peu n'importe comment ;
on se sent gauche. On attendrit moins les dames ;
voient-elles tout à coup que les innocents ont des
intentions coupables ? Il y en a même qui nous
allument ! Il n'y a pas de danger à tester ses charmes
sur nous... Moi je veux bien, mais pour l'instant on
fait déjà rire les mutantes de notre âge.

Et il y a des adultes qui veulent nous parler comme
à des grands – on nous le dit : « tu es grand,
maintenant ». Ça sonne faux, le pied d'égalité, on
s'attend toujours à le prendre quelque part. Ce n'est
pas tout : Pour les adolescents, nous sommes des
petits cons ; et pour la tranche au-dessus, des
branleurs. Onze-treize ans, âge deux fois ingrat. Car
peu méritent notre reconnaissance.

L'infirmière de St Agil avait un corps pathogène –
beaucoup se seraient fait porter pâles – mais une
froideur prophylactique. Elle surveillait plus souvent
l'étude. C'est en cours qu'on ne doit pas quitter le
prof des yeux ; là, quinze secondes suffirent, son
index appela le petit malotru du dixième rang... C'est
la seule femme qui m'ait giflé. Mes copains me
trouvaient déjà *spécial* : Comme si je ne pouvais pas
zieuter le reste, comme tout le monde.

Effronté : celui qui n'a pas honte. J'ai cherché de
quoi je pourrais, et compris que j'étais perdu pour la
morale.

Pourquoi tu me regardes ?

Le dimanche, la messe n'étant plus célébrée au village, nous allions à A., en 403 camionnette bâchée. Ma sœur à l'avant, nous emmenons ce jour-là deux fillettes de neuf et dix ans, assises avec moi à l'arrière sur des cages à poules vides. Au retour, sur une route communale étroite et boueuse, mon père voulut nous *amuser* en faisant des zigzags dans une descente. Arrêtons un instant le véhicule au moment où ses roues gauches quittent le sol.

Il y avait donc à bord quatre enfants non attachés, dont trois n'étaient pas dans l'habitacle.

Le conducteur était expérimenté. On ne parle pas de sa conduite, mais de ce qui aurait pu lui servir de leçon. Trois ans auparavant, il était parti livrer des œufs en fourgonnette, ma sœur, six ans, toujours à côté de lui. Seul à la ferme, à minuit, pas rassuré, j'avais tout éteint et me morfondais... Il avait fauché une jeune fille qui marchait dans la nuit au bord de la route. Dieu a son âme. Les gendarmes l'ont laissé repartir après une prise de sang. Sans culpabilité objective, pour le reste c'était entre lui et Dieu.

Et puis son propre père – déjà veuf des séquelles d'une précédente faute de conduite – était mort d'avoir refusé une priorité. C'est mon père qui, par hasard (il rentrait de l'hôpital avec ma mère et n°6 un bras dans le plâtre), fut le premier sur les lieux pour voir mon grand-père expirer.

À sa décharge, nous atteignions exactement là au comble de la folie automobile : Le millionième de la population mourait chaque jour sur les routes, avec vingt-cinq fois plus de blessés. Avec ça nous sortions de la messe, il y avait l'exaltation religieuse. Alors : Viva la muerte !

Maintenant la Peugeot part en tonneaux. Je n'ai plus le son, et visuellement c'est un tourbillon. Quand l'auto s'immobilise, elle est encore sur la chaussée, à l'endroit.

À l'avant, aucun bobo. Derrière, nous étions moins fiers. Celle qui le put s'enfuit vers le village, et mon père lui criait de revenir... pour quoi faire... On nous recousit tous les trois au visage. Leur cicatrice s'estompa, puis je crois disparut ; mes cheveux cachent la mienne. Le conducteur se défaussa sur l'agriculteur qui aurait labouré trop près de la route.

Le lendemain, comme mon esprit résilient avait arrêté mon regard sur le sien comme si ç'avait été une mouche sur le mur, je l'entendis dire : « pourquoi tu me regardes ? » Puis le père d'une des filles, ouvrier agricole comme l'autre, vint en donner des bonnes nouvelles, et assura mon père que bien sûr il ne porterait pas plainte, « avec tous les malheurs que vous avez déjà eus ».

« *Ben voyons* » ne me passa pas par la tête, mais tout près. Je le sentis frôler mes points de suture.

Fortement contusionné au genou, je ne pouvais pas marcher, et restai la semaine. On ne prévint ni l'école ni mon oncle. Qui me dirait que j'aurais dû téléphoner en cachette. Je ne lui donnai pas tort. Tout le mal venait de moi.

Le vent était semé, d'une prochaine tempête.

Par les sentiments

Mes douze bougies soufflées, le téléphone sonna : j'étais oncle. Des neveux et nièces, j'en ai eu vite autant que de frères et sœurs, et me suis plutôt senti comme un grand frère. On appelait chez mon oncle pour m'inviter, deux jours ou deux semaines. Qu'il s'agît de demander à mon père, ou de le prévenir, n'était pas clair, mais c'était à moi de le faire. Je lui disais en douceur que j'irais à M, chez N, il pouvait toujours dire non. Mais il faisait *mm-mm*. Le nom lui rappelait peut-être quelqu'un, et le lieu la carte de France... J'en ai vu tous les massifs montagneux, par ma sœur aînée surtout.

Il y avait donc deux mondes, et je passais de l'un à l'autre comme un Passe-muraille. L'un parlait peu du père... l'autre n'avait pas de conversation.

Pourtant, la cadette reparut un jour au bled – après deux ans – avec mari et bébé. Chargé de les annoncer, je trouvai le vieux bricolant au fond d'un bâtiment. Il ne bougea pas, alors les visiteurs entrèrent, déclarant venir présenter sa petite-fille à son grand-père. La situation n'avait absolument aucun sens de mon point de vue, Hérode n'allait pas s'agenouiller devant le petit Jésus. Il daigna s'interrompre deux secondes, regarda le bébé de quatre mois comme un morceau de viande, et se remit à son travail. Je raccompagnai Marie et Joseph. Avant leur départ, au moins, la petite tante vit sa nièce. Comme moi, elle ferait comme si personne n'était venu.

L'avoir au sentiment. N'importe quoi. Quelles proportions de méchanceté et de masochisme ?

Hors la famille, la torture mentale est moins équivoque. Une prof me prit à part après le cours pour parler de mes notes qui avaient baissé, moi un si bon élève. En général, il vaut mieux paraître affecté, sinon l'éducateur s'acharne ; mais j'avais réellement la lèvre tremblante et l'œil humide. Or, j'eus l'impression qu'elle faisait le forcing pour que je pleure. Et quand, au bout de son laïus, elle reprit du début, je fus certain de ses intentions et devins aussi calme que la fois où son collègue m'avait frappé. Je vis sa grimace...

Une personne saine peut se laisser aller et pleurer, l'émotivité passe comme par des stomates qui régulent les échanges. Chez l'adulte, ils se bouchent, formant une carapace. Si elle cède, tout vient avec ; le dépressif est évacué, et c'est avec mépris qu'on dira : « Il a craqué. »

Tout ça m'aurait endurci... C'est tout le contraire, comme d'habitude. Je n'avais d'endurci que la main droite et l'épisode précédent m'avait fait perdre mon tour sur le terrain de paume. Ce sport mérite d'être promu : Nous l'appelions la paume, mais l'officielle se jouant avec une raquette, il s'agit de la pelote basque à main nue. Il faut un mur haut et lisse, comme ceux de la chapelle – le terrain n'a pas d'autre limite. Et une vieille balle de tennis épluchée ; on doit la frapper pour qu'elle atteigne le mur au-dessus d'une ligne (qui était maçonnée ; le rebond sur l'arête évitait tout litige). On permettait deux rebonds au sol. Et au jeu en double (le plus prisé), on autorisait une passe.

Oh... est-ce bien normal, cet enfant qui frappe à main nue ?

Courant d'air sur mer calme

À douze ans et demi, j'eus une méningite. Ma tante m'amena un soir à l'hôpital, le pire fut écarté, et on me mit le lendemain dans une chambre commune – elle faisait même couloir. Je me sentais de sortir après trois jours mais j'y suis resté douze. De tout ce temps, comprenant deux week-ends, je n'ai vu que ma tante. Et trois autres personnages féminins aux rôles étranges.

D'abord une jeune médecin, « je m'appelle Sophie », qui me dit que le Dr G. (mon autre tante), qu'elle connaît bien, lui a demandé – comme justement elle fait un stage ici – de passer me voir. Elle me demande si tout va comme je veux, de la faire appeler au besoin, et propose d'aller dans une librairie me trouver de la lecture. On ne fait pas de manières avec les apparitions, je lui ai donné un auteur. Elle revint pour m'offrir deux livres. Et elle repassa une fois encore. Plus tard, elle m'écrivit une lettre sur papier bleu. Je l'aimais.

Puis on me dit qu'une psychologue m'attendait dans un bureau. Au sujet de mon électroencéphalogramme ? Tant au physique qu'à la physionomie, elle n'avait rien en quelque excès qui pût constituer un trait de caractère, ou la source d'un problème psychologique. Sa maturité même était exacte. Un air sérieux, sans rien de crispé ni de las, complétait le physique de l'emploi occupé par cette brune. Incidemment, cela faisait beaucoup de sex appeal. Mais une psychologue m'avait fait appeler.

Elle ne me fit pas asseoir, ce qui me rassura : elle

n'allait pas m'entortiller une heure. Mais la braguette de mon pyjama était de type ouvert et je craignais un éclat. Cependant, après vingt secondes, elle me remerciait. De ma vie, j'ai vu une psy ; qui ne me posa qu'une question, fermée : Comment s'appellent tes frères et sœurs ?

Le troisième personnage fut une surprise : S., ma belle-mère, pas vue depuis trois ans. J'ignorais qu'elle travaillait là. Service social. Mais représentait-elle la Santé ? l'Assistance ? Son mari ? car ils s'entendaient mieux... séparés, qu'à portée de coups ! Elle venait me montrer la brochure d'un sanatorium. Prêt à m'accueillir. Avec ce que le mot m'évoquait, la brochure redondait : ça sentait l'ammoniac et le sapin à la gomme des Vosges ; des pensionnaires sans jeunesse souriaient comme le jaune du carrelage. Mais c'était seulement si je voulais. Me voilà doué de volition, quelle bonne nouvelle.

Étais-je donc à la mort ? Qu'un médecin vienne le dire ! Seulement si je voulais ? Un suicide, alors. À la Socrate ou Rommel, sauf qu'eux y gagnaient la gloire. Non : Je n'ai pas encore fini d'être votre problème. Et puis j'ai école.

La mer était calme, et j'étais entouré de sous-marins ; un ami, un neutre, et un dont j'avais évité la torpille.

En rentrant, j'ai demandé à ma tante :
– Qu'est-ce qui est arrivé à la porte d'entrée ?
– Oh ! tu as remarqué ? Il y a eu un grand courant d'air. La vitre a cassé. On n'en a pas retrouvé du même dépoli.

Interro d'allemand

Ma tante attendit trois ans, quand mon père me chassa sans me chasser, pour me dire la vérité sur le courant d'air. De sa part, j'ai trouvé ça délicat. Surtout qu'elle aurait été bien capable d'inventer que c'était elle qui avait laissé la porte ouverte, et que son mari avait pesté. Je ne suis pas sûr qu'elle ne l'ait pas dit.

Ce ne fut pas la faute des P&T *. Quand j'avais été hospitalisé, mon oncle n'avait pas prévenu mon père. Il lui gardait un chien de sa chienne depuis quelques mois, après la cascade auto. L'autre, ne me voyant pas au train, ne téléphone pas non plus – bien sûr. Renseigné autrement, il prend sa voiture, disons le lundi matin, pour aller saluer son frère. D'abord au domicile. Ici, nous avons échappé à la scène *gore*, ma tante n'est pas là. Il brise la vitre à travers le fer forgé, puis se rend à l'atelier, à deux cents mètres. Bagarre. L'agresseur est maîtrisé par les deux ouvriers. La suite au commissariat. Nouvelle rixe. « Mon fils ! On m'empêche de voir mon fils ! » Mais il ne peut pas être copain avec les commissaires de tous les cantons, et celui-là lui tord le bras.

C'est ce que j'ai su ; par ma tante et mon oncle. Et aussi que si celui-ci était bien notre tuteur, il ne disposait pas de l'autorité parentale. C'est ce qui rendait la situation inflammable. Surtout avec un individu fulminant.

Personne d'autre ne m'a parlé de rien. Le pauvre petit pourrait rechuter. Il y en a surtout un qui mentait bien. Mais le reste, je l'avais déjà à moitié déduit. Ce foin avait dû aller, avec ou sans violence, jusqu'à l'hôpital, qui demanda probablement à la justice sur quel pied il fallait danser, et interdit les visites autres que de la personne qui m'avait amené. Et on m'a gardé au chaud.

Il faisait très chaud en ce début mai. Les fenêtres étaient verrouillées – prévention du désespoir – et, trois mois avant le choc pétrolier, l'eau bouillait littéralement dans les radiateurs. Pour moi, ça voulait dire hémorragie nasale. Quand elle est arrivée, ça ne s'est pas arrêté. Même au bout de deux heures, on ne s'était pas occupé d'un gamin qui saigne du nez. À court de mouchoirs et de coton, j'ai pris les draps, de bon cœur. L'émotion suscitée chez les malades m'attira des soins diligents.
Cette anecdotique épistaxis a laissé aux institutions le temps de chauffer un cautère pour la plaie principale. L'hôpital chercha à savoir ce qu'évoquait chez moi le mot "frères et sœurs"... On me laissa aussi une chance de résoudre les problèmes de beaucoup en signant moi-même ma mise à l'écart du monde des vivants... Cependant qu'un magnifique ange gardien soignait mes méninges avec de la littérature.

Le jour où je suis retourné en classe, il y avait interro d'allemand. J'eus la meilleure note. Je m'en suis excusé auprès de mes camarades, cette sadique l'avait fait exprès pour leur brandir ma copie. C'est à peu près l'époque où j'ai cessé d'être premier de la classe.

Dans mon délire d'interprétation, j'étais enjeu, jouet, prétexte, outil, et à défaut problème. En un mot : enfant.

Puberté

En Troisième, j'avais treize ans et la moitié de mes camarades étaient déjà pubères. En français, on commençait les analyses de texte ; nous étudiions une chanson de geste * quand le cancre fini de la classe leva le doigt ! Il fit remarquer que « l'eau lui coule, goutte à goutte, le long du nez » était puissamment évocateur, mais pas tellement approprié concernant un type qui s'appelait *Guillaume au court nez*. Le prof argumenta longtemps avant de concéder un match nul. Un cancre ne pense pas comme tout le monde.

Un autre texte peignait une chasse royale. « Que représente la biche ? » C'est moi qui étais interrogé... plusieurs doigts se levèrent. Un copain bellâtre (on avait remarqué que la prof de maths rougissait quand il lui parlait) donna la réponse unique : « C'est la pureté ». J'étais entouré d'intellectuels... Le jeu était marrant, mais pourquoi la pureté ? Est-ce en la perdant que le concept leur venait à tous ? Celui de proie était probablement une évidence impensée, sauf par un cancre. Un trophée pour brute cynique, si c'est ce qu'il fallait voir dans la pureté...

Que la corrompre soit une nécessité morale, c'était peut-être implicite, mais pas au programme ; je lirais les *Infortunes de la vertu* * un peu plus tard entre les cours. Pour notre prof de lettres, la pureté devait évoquer son paradis perdu ; il me faisait penser à son collègue, héros faible et impuissant du dernier Goncourt *. Se suicider à cause d'un père tyrannique, c'est malheureux de voir ça.

Par un bel après-midi de mai, comme je courais seul sur un chemin de halage, je croisai un prédateur à mobylette qui me saisit le poignet. Dans une position délicate, je fis exactement ce qu'il fallait. Contre les fous, le sang-froid est en soi une défense ; de plus, le baratin étant le bromure du peuple, je me transformai en moulin à paroles. En dix minutes, je lui ai pourri les fantasmes et il me relâcha. Je m'en étais tiré avec un bleu aux gonades, une menace de mort, et la main à me laver dans le canal.

Les victimes se taisent car elles ont honte ? Ce mensonge est un second viol : on nous veut honteux, surtout pas défiants. La défiance est la moindre des choses dans une société où les gros dégueulasses ont tous les droits. Ceux de l'enfant n'étaient même pas un mot. Et encore je n'étais pas une fille ! En rentrant à vélo du centre sportif, je pesais pourtant pour et contre m'arrêter à l'hôtel de police. Je vis tous les drapeaux pour l'intronisation de ce con de Giscard ; c'était trop. Je suis resté avec l'agression du suivant sur la conscience. Mais, eussé-je trouvé un gendarme Jambert...* *Requiescat.*

Ça ne m'a pas guéri de mon insouciance, je fus juste un peu plus circonspect en traversant les coupe-gorge.

À la fin de l'année, ma tante me proposa une colonie de vacances. Je me demandais si je n'étais pas trop mature. J'allais me faire des copains, dit-elle. Puis je compris que ce serait mixte. Cependant, il y aurait moins de chances de se faire détourner par les monitrices, car une loi les avait toutes rendues majeures la veille du départ.

Haut les mains !

On les met à la porte, ils reviennent par la fenêtre... À la vérité, trois avaient pu se faire inviter. Quelqu'un trouva le prétexte de mes quatorze ans. Un autre m'offrit de la mousse à raser et un rasoir – avec un petit rire égrillard (on devrait créer un sacrement pour la poussée du poil). Le père ne tua pas le veau gras mais tout se passa bien. Le cordon bleu de dix ans fut félicité, un peu moins par celui à qui elle faisait la cuisine tous les jours. Prudente, elle cacha un petit peu de sa joie. Comme moi.

J'étais à la fois peu pressé et curieux de voir la suite. Je l'ai manquée. J'avais une compétition la fois où ils sont revenus. Sans infos, j'évitai ce sujet scabreux. Il les avait de nouveau mis dehors, je n'avais pas besoin des détails : quel mot de trop avait été dit, à l'apéritif ou au dessert, et si les tout petits avaient été effrayés par la violence.

Une fois jeté dehors, il fallait freiner pour négocier l'escalier, un colimaçon sans garde-corps autour d'un mât qui oscillait affreusement. Quand le maire, mon oncle peu agile de soixante-trois ans, était venu faire part à son frère de plaintes du voisinage, il avait bien failli y passer.

Mais pourquoi vouloir à tout prix former une famille normale ? Quel besoin à vingt-cinq ans de se coller à son papa ? Toujours est-il que ma muraille était reconstituée. Je ne me demandais même pas si je la passerais encore longtemps. Je n'examinais l'avenir que pour des choses élevées, et je regardais le terre à terre au jour le jour.

Comme il a été dit, le paternel ne fumait, ne buvait ni ne chassait. Il faut sans doute lui reconnaître là l'insigne sagesse d'avoir pressenti l'effet aggravant de ces psychotropes sur son cerveau fragile. Il eut pourtant une arme, je ne sais pas d'où ni depuis quand, mais quand j'en ai entendu parler, elle venait de lui être confisquée.

C'était au retour du printemps, probablement un dimanche, jour du Seigneur. Je me trouvais dans la cour ; le fourgon n'était pas là et je ne savais pas où ils étaient allés, quand ma sœur arriva tout essoufflée, s'écriant : « Ils se sont battus avec la carabine ! Papa saigne ! » Dit comme ça, on pouvait craindre *que la bête meure*.

Plus posément, il s'agit d'une expédition préméditée où il emmène d'abord sa fille. Puis il voit trois Marocains dans le pays, s'arrête et leur demande de venir avec lui. Les corvéables à merci croient à une embauche et, la déclaration préalable n'existant pas, montent à l'arrière. Au village voisin, il stoppe devant le pavillon d'un type qui aurait abusé de sa confiance, sort avec son flingue, et assaisonne la porte-fenêtre avant de faire irruption dans le salon, où le type aide son jeune garçon à classer sa collection de timbres. C'est le corps à corps. Mais les Marocains se sont éclipsés dès le début, jurant aux voisins qu'il y a méprise. Ma sœur a dû les suivre un peu plus tard, quand la maréchaussée est arrivée. Et deux heures après, son père rentrait chez lui, comme une fleur.
Mais pourquoi ne le met-on pas en prison ? Pour les enfants ? Il les emmène dans ses attaques à main armée !

Cancre las

En six ans à St Agil, je fus une fois de service au réfectoire. Après l'avoir terminé, nous nous servîmes nous-mêmes, en même temps que la table des professeurs. Je savais l'un braillard, un autre porté sur la bouteille, mais je fus étonné qu'ils se montrent devant nous au naturel. Le père Supérieur arriva après le hors-d'œuvre, hilare : « Vous savez quoi ? j'ai été appelé à l'hôpital pour une extrême onction. La chanteuse Barbara s'est suicidée cette nuit... Remarquez, ce n'est pas moi qui vais la plaindre. » Elle a donc survécu sans son intercession. Ou bien Dieu a voulu réparer la faute professionnelle.

Mais il faut reconnaître à ces miséricordieux un certain stoïcisme face à nos moins saints sacrements. Les photos de classes se faisaient sur le grand perron, avec les professeurs et le Supérieur. De nouveau, le petit oiseau allait sortir quand, dix mètres plus haut, une poubelle des cuisines s'inclina au-dessus d'une fenêtre. Complice, je regardai descendre cent cinquante litres d'eau. Cette douche ne fit même pas scandale.

Plus ému dut être ce professeur haï de tous, qui osa un jour garer son auto devant notre perron ; l'intérieur reçut le contenu de la même poubelle – contenu habituel s'entend. Même punissables, ces farces étaient reconnues depuis toujours comme notre part de rémunération au mérite. Elles s'appellent délinquance depuis que nous n'entrons plus dans le rapport de forces.

L'ancien père Supérieur était le corpulent Pepon *. Un peu gâteux, il enseignait encore la physique-chimie. Pollock avait inventé le dripping, mais la blouse de Pepon étant verticale, nous utilisions le *schlaquage*. Nos œuvres au stylo plume étaient de plus en plus chargées et colorées, mais nous n'eûmes jamais aucun retour de la critique ; au cours suivant, il avait toujours une immaculée blouse pour recevoir notre bénédiction.

Le pétard dans l'armoire, avec une cigarette comme retardateur ; le chat qui miaule dans le pupitre du professeur ; l'escadrille de papier qui monte dans le ciel de la classe à son dernier mot écrit au tableau ; le bruit de fond collectif, presque imperceptible ; tout n'étant pas drôle deux fois, ça stimulait l'imagination. Permettre les farces de potaches pourrait être une pédagogie positive, mais là, ce n'était que décadence de part et d'autre ; après tout, les parents payaient, surtout ceux dont les enfants étaient renvoyés de partout.

Dans l'ascenseur social qu'est l'école, on a le chahut de ceux qui, partis du sous-sol, n'espèrent pas aller plus haut que le rez-de-chaussée. Certains élèves du privé ont des parents qui, arrivés par un autre ascenseur, ou n'imaginant jamais redescendre, méprisent l'école encore davantage. St Agil ne vivait plus que de l'idéologie de sa clientèle, selon laquelle vingt pour cent de réussite au bac valait mieux que la promiscuité du lycée.

Je perdis ainsi ma Seconde, comme j'avais perdu le CM1. Mais il y avait peut-être autre chose dans la vie.

Chez les jeunes filles

Près de St Agil se trouve une école de jeunes filles tenue par des vieilles filles. Sans effectifs suffisants pour remplir les filières, les deux institutions décident de se les répartir en classes mixtes. C'est la mort dans l'âme que ces demoiselles s'y résolvent, gardant logiquement les filières d'excellence. En sélectionnant les moins nuls pour aller défendre nos couleurs, on réussit à faire une classe avec un tiers de garçons. Derniers sur la grille de départ, certains remonteront un peu. Notre côté bestial fait peur, pourtant les blagues machistes et les boulettes de buvard mâché collées au plafond sont derrière nous.

Nous entrons par la petite porte – pas question d'affoler les plus jeunes – et restons cantonnés dans la classe et le foyer. J'évite de traverser l'unique cour de récréation, c'est très chaud. Mais nous sommes reçus en amis par nos nouvelles camarades. Je distingue vite la bonne bourgeoisie de la haute. Les unes sont plus bûcheuses et boutonneuses, souvent pâles et effacées (mais pas encore de ma mémoire) ; les autres enfument le foyer en passant du Black Sabbath (ça décourage les vieilles vierges d'y entrer, en recyclant ce qu'on n'écoute pas chez soi). Elles lisent Hermann Hesse, et chambrent Marie-Do qui pleure quand elle n'a pas un 17. Nous la consolons bien un peu (non, elle n'est pas sexy), bien que très mal placés pour le faire. Pourtant l'an dernier, un gars réagissant comme elle aurait été proprement lapidé.

Tout le monde est là pour travailler ; mais peut-être pas pour apprendre. Il y a des matières dites sélectives. En physique, les notes baissent si on cherche à comprendre. À quelle vitesse se déplacent les électrons dans un conducteur ? À question stupide (la prof ne se l'est jamais posée), rire stupide.

La science est la fille des mathématiques (la musique est donc sa tante, mais on ne l'invite jamais car elle ne porte pas de soutien-gorge). Mlle P., qui enseigne les deux, est sacrée idéal de laideur – y ajouter basculerait dans le monstrueux. La regarder deux heures par jour est anaphrodisiaque, des copains perdent leurs sourcils dans le calcul matriciel. Comme exercice intellectuel, je me livre parfois à des rêves érotiques éveillés avec elle.

Le langage mathématique permet-il de parler d'amour ? En tout cas, *l'amour vrai*, ce truc appris aux jeunes filles, est bien une application : De chaque élément de F part une flèche et une seule aboutissant à un élément de G (en fait, la relation s'écrit "reçoit une flèche de"). Mais ici, toutes aboutissent au même élément de G, et la réciproque n'est pas une application car malheureusement je les aime toutes. Je suis un garçon.

Il n'y a que la prof d'allemand qui n'aime personne. Elle annonce pour le jour même un devoir sur la leçon de la semaine prochaine, et on a l'idée d'un jeu surréaliste : remplacer le vocabulaire inconnu par un autre. Seul à le faire, je suis renvoyé. Mes amies, prises de remords, font commuer la peine en heures de colle. Et je tombe au milieu de toutes les criminelles, dangereusement jeunes.

Exit

Ça ne me dérange pas de faire 6 km à pied. C'est la torture mentale qui est pénible. À mon arrivée au train, la ponctualité paternelle se dégrade depuis longtemps. De plus en plus en retard ; jamais un motif, jamais désolé.

L'hypothèse de l'empêchement écartée, j'ai encore deux raisons de ne pas l'attendre à la gare : l'ennui ; et connaissant sa mentalité, la certitude que cela accroîtra le phénomène. Car en marchant à sa rencontre, je suis le précepte *Aide-toi et le Fiel t'aidera*. Et en effet, il m'aide encore dans les derniers hectomètres. Avec une pointe de défi amusé pour vérifier que je n'ai pas l'air contrarié.

Qu'est-ce que c'est que ces gens qui mesurent l'amour qu'on leur porte à la constance avec laquelle on endure leur haine... L'amour ne survit pas au banc-test.

S'il a trop lu la Bible, c'est son problème ; en revanche, j'en ai un autre à traiter à la racine. À l'heure de la messe, on ne lui a peut-être jamais dit : « Je ne viens pas ». Surtout sans élever le ton – je m'en voudrais de faire honneur à mes gènes. C'est peut-être plus radical que je ne crois ; dans quelques semaines ce sera la fin.

« Tu as une lettre de ton père... » me dit ma tante. Voyons ce qui ne peut pas attendre trois jours... Ça dit que je dois « choisir entre (lui) et les autres ». Il aurait économisé un timbre en y pensant l'avant-veille. Cette manière de faux-jeton convient sans doute, puisqu'elle est employée à l'adresse de l'agent double que je suis.

Il y a longtemps que je ne réponds plus aux âneries. Mais j'y vais ; avec toute l'insouciance qui me caractérise (et qui n'est qu'un mauvais fond). Le week-end passe, et c'est le lundi matin, quand j'ai pris mon sac, qu'il me demande si j'ai reçu sa lettre. Il m'en répète la teneur, et « si tu veux continuer à aller à l'école, on te trouvera une mobylette. » Il dit *on* car il n'use de la première personne qu'au gueulatif (*j'ai dit !*). J'ai un peu dépassé son délai de réponse. Le samedi suivant, il aura attendu à la gare...

Pour mettre fin à une relation, personne ne dit "je ne veux plus te voir". On cherche un prétexte pour exclure (idem pour se faire exclure). Rien n'est plus facile à trouver ; même un auquel on puisse croire soi-même. Certains êtres sont plus attachés, comme le chien à son maître. Pour s'en débarrasser, on peut lui donner un coup de pied ; qu'il s'agisse de lui montrer la direction, d'imprimer la force initiale, d'associer à l'envie de revenir le souvenir du douloureux épisode, ou de le punir d'exister. Ça m'aurait suffi aussi. Il n'avait pas besoin de dire que les aînés m'avaient inoculé la rage, pour me noyer.

De ce moment, je n'ai plus de père. S'il y a des comptes à régler, ma colonne débit est vide et je fais cadeau du reste. Mais j'ai abandonné ma sœur, et tout ce qui lui arrivera sera entièrement de ma faute.

Dans deux ans pourtant, quand j'aurai la visite d'une jolie jeune fille, je ne reconnaîtrai pas celle que son père nommait affectueusement "la carne"... Les enfants sont de vraies misères ; ces plantes qui, en dépit de tout, demeurent.

Un capitaine de quinze ans

Un courrier de l'école suit, indiquant poliment et sans plus de précision qu'on ne souhaite pas me voir une année de plus. Je trouve ces demoiselles bien avisées.

J'irai redoubler ma Première scientifique au lycée, mais pour ne pas redescendre en Seconde, c'est le concours d'entrée en Terminale que je passe. Néanmoins, mon oncle craint que son frère n'use de son droit de nuisance en envoyant les forces de l'ordre me chercher.

J'ai eu une courte entrevue dans un couloir avec une juge : La majorité à peine mise à dix-huit, on lui demande d'émanciper un gamin de quinze ans ! Alors, ma tante de Paris veut m'inscrire aussi dans un lycée de son quartier. On envisage aussi de me cacher en Bigorre. Et pourquoi pas dans le Kent... je suis sûr que la famille très cool qui m'a accueilli l'été dernier me voudrait bien pour septième enfant.

À Paris, le proviseur ne veut rien savoir : « Êtes-vous la mère ? Où habite ce jeune homme ? Détenez-vous l'autorité sur lui ? » Elle n'est pas loin de le traiter de con.

Tout le monde n'est pas aussi sourcilleux et il semble facile de passer en fraude ; c'est mon oncle qui signe les autorisations de sortie de territoire †. Je pourrais peut-être même changer de nom, l'administration en déforme facilement deux lettres – ça a déjà rendu service. Pour le visage, ce n'est pas la peine, il se refait assez tout seul.

---

† *Le secrétaire de mairie qui me les remet est le sosie d'un monstre sacré, archétype du vieux mâle. C'est même son frère, mais ils sont fâchés aussi (touche pas à mon grisbi).*

Être un fugitif fait rêver, mais je ne vois pas pourquoi je me cacherais. Et puis ce n'est pas sérieux ; mon oncle et mes tantes ont plus à craindre une agression que moi la police ; à supposer qu'elle me ramène, il faudrait encore monter la garde ; m'attacher... Prévenir le tuage de père. Comme non responsable de mes actes, c'est peut-être à moi de le faire...

Je préfère la fin de la *Nuit du chasseur* *.

Ne pensant plus à mon géniteur plus du millionième de mon temps, je n'en parle pas. Je refoule, proba-blement. Ça prouve aussi bien le contraire mais le premier axiome dit qu'on a toujours un père. N'aggravons pas mon cas.

Juillet, je disparais dans le Jura : camping sauvage, ravitaillement à la ferme, tentes mixtes. Août, septembre, toujours pas d'avis de recherche sur ma tête. Je savais bien qu'il était trop content d'être débarrassé de moi.

Mon lycée est à cinq minutes. Le retour à l'école publique est rafraîchissant. Enfin des gens normaux selon mes standards ; ça ressemble déjà moins à un élevage.

Il me faut assurer : plus que deux ans et je prends la haute mer. La bibliothèque du lycée est riche, et j'y cherche de quoi perfectionner ma navigation. J'informe mon prof de maths que je planche sur les postulats auxquels Évariste Galois * a sacrifié sa liberté et sa vie, et que j'étudierai ce qui a fait sa gloire si je vis plus que lui. Pendant les cours, il passe discrètement, et je referme le livre – que par égard je tiens sur mes genoux – pour qu'il en voie le titre, puis il repart, l'air plus ou moins inspiré.

Ado (about nothing)

En tant qu'observateur indépendant du lien maternel, c'est adolescent que je me suis senti privilégié par rapport aux autres. Tuer le père, après tout il est fait pour ça. Et d'un caractère entier, Jekyll ne se transforme pas. Mais il est marié à Mme Hyde... Elle est vraiment à tuer.

Savant par le livre, ce n'est pas un si mauvais début, mais *maman par le livre*, c'est la fin de tout. Bébé pleure... page 35. Même quand il parle parfaitement, elle va à la librairie se procurer *Vous et votre jeune* (qu'elle rangera entre *Créez vos bonsaïs* et *Élever un labrador*). Quand on en a lu un, on les a tous lus : « Votre ado a des problèmes. Vous (la maman aimante) êtes malheureuse. »

Elle les lit tous pour s'assurer qu'ils disent la même chose. Une version contrariante, intitulée *Vous et votre vieille* (ou *l'Ado de la Méduse*), ne recevrait aucune publicité :

Les transformations physiques et psychiques sont normales à son âge. Mais le dysfonctionnement des glandes, la perte d'un million de neurones par semaine, les chairs qui s'avachissent, sont mal vécus. Aidez-la à *accepter les contraintes* sans s'effondrer. (...)
Ne dévalorisez pas ses distractions idiotes, elles constituent un refuge dans son mal-être. Sans prononcer le mot créativité, suggérez des activités stimulantes. Ne moquez pas sa manie de la propreté ; proposez de passer vous-même l'aspirateur dans votre chambre, mais pas toutes les semaines. Cela lui apprendra à *mettre des limites.* (...)

À un âge où l'identité et l'avenir s'obscurcissent, il est normal qu'apparaissent des tensions avec celui en qui elle voit tout ce qu'elle a renié. En se déguisant en cruche, elle cherche à montrer qu'elle est toujours une femme, cela ne veut pas dire qu'elle n'est pas sérieuse et qu'elle accumule les aventures. Au lieu de réagir en accrochant des photos cochonnes dans votre chambre, essayez de lui faire comprendre, avec vos mots, qu'elle est avant tout une personne. Ne la laissez pas en situation de souffrance, cela accélérerait sa déchéance.

(…)

Les bouteilles d'alcool qu'elle cache mal sont autant de bouteilles à la mer à votre intention. Sans être trop permissif, engagez le dialogue, même si paradoxalement votre bienveillance provoque des réactions de rejet.

(…)

Si rien n'évolue, proposez-lui l'aide d'un psychologue. Si elle se bloque dans le refus, ne baissez pas les bras, laissez passer la crise, puis revenez sur le sujet. Pensez que vous avez devant vous ce que vous risquez de devenir. Même si vous échouez, cela vous sera utile un jour. La décrépitude de votre vieille est autant un défi pour vous.

(…)

Maintenant, comment réagir si vous trouvez un petit frère dans le congélateur ? Ne dramatisez pas. Dans la nature, il est courant de voir la mère tuer ses petits si elle considère qu'ils ne s'adapteront pas. Parfois elle les mange. Son rôle est de reproduire, mais le temps que la cellule familiale accomplisse une mitose, désormais la société a déjà subi deux mutations. Il n'est donc pas étonnant que votre vieille se sente aussi désemparée !

N'hésitez pas à lui montrer votre amour même si c'est pour elle un levier de chantage. Ne vous suicidez pas pour lui faire plaisir, elle ne se sentira jamais coupable. Vous représentez plus de quinze ans d'investissement (financier, affectif, c'est indifférent), qui justifient son intransigeance féroce. Si vous vous écartez de son modèle, elle ne vous reconnaîtra plus, sauf à la morgue.

Je prends encore le train le samedi, mais sur l'autre quai. Je vais me promener dans Paris, où ma tante m'offre gîte, couvert, et société. Au lycée, mes notes autorisent un passage en Terminale littéraire. Mais dans la matière où j'ai les meilleures, le prof s'y oppose en conseil de classe. Ses collègues étant embarrassés devant une haine personnelle manifeste, une déléguée de classe tranche : « OK, il passe. » « Au suivant », ajoute l'autre.

En termes de carrière, les possibles s'éclaircissent. Certains les voient même ratiboisés : *No future* a retenti à mes seize ans, sonnant la fin de ce que l'on ne nomme pas encore les Trente Glorieuses. Je suis quand même en phase avec mon temps. On ne me dira plus : « Tu as un trou à ton pantalon », c'est la mode...

Je n'ai rien contre les habits déchirés, du moment qu'ils sont propres.

Des nouvelles fraîches du village arrivent sous une forme inattendue. Le jour de sa retraite, le commissaire de police du canton a fini d'écrire ses mémoires. On lui fournissait de la matière et c'est dans ses derniers mois d'activité que mon père lui a offert son meilleur chapitre. Appelé chez lui à la suite des pompiers, il y dresse le constat de nouveaux dégâts. Il n'y a pas mort d'homme, mais de volatiles par milliers. Les responsables sont identifiés, malheureusement ils ne sont plus dans sa juridiction, ce sont les sept enfants qui ont abandonné le brave homme, honnête, travailleur, et ruiné par leur faute.

Que les forces de l'ordre s'occupent du maintien de l'ordre, je le savais. Que l'ordre soit patriarcal et féodal, je n'étais pas certain, car en général c'est le droit républicain qui est écrit noir sur blanc – ce doit être un hologramme pour gogos. Quand mon père gueulait « tu n'as aucun droit ! » ce n'était donc pas des paroles en l'air, il avait l'appui de la police. Une police qui ne relevait jamais d'infractions dans ses actes, puisque le véritable coupable, c'était moi. Naturellement, cela est authentifié par le bandeau sur la jaquette du livre : *Prix Vérité*. Mais la vérité, pour être complète, devrait encore me tuer.

Le respect filial, personne ne plaisante avec ça ; pas même la presse satirique (aux rédacteurs mâles), première à exprimer son dégoût dès qu'un criminel est dénoncé par son enfant. Parfaits *malgré-nous*, nous n'avons ni syndicat, ni mouvement de libération. Dans vingt-cinq ans on parlera de nous ôter le droit de réunion.

L'assassinat d'enfant est bien considéré comme le pire des crimes de sang ; mais l'un des moindres est l'assassinat de ses propres enfants. Il n'excite pas les démagogues ; l'opinion, ses prescripteurs, la justice, ne l'appellent jamais que drame familial (il est néanmoins bien vu que l'égorgeur fasse une tentative de suicide).

La loi veille à la "protection des biens et des personnes". Les biens n'ont pas à être protégés contre leurs propriétaires. Un enfant est donc tacitement un bien, plutôt qu'une personne. On peut lui dire « ne parle pas à des inconnus », jamais « ne t'approche pas de ton père ».

Poucet

Il est écrit que, *s'il parlait peu,* le petit Poucet *écoutait beaucoup* – on n'a pas trop le choix quand on ne peut pas placer un mot. Voilà un enfant sage... Selon que l'on parle d'un enfant ou d'un homme, sage est son propre antonyme. Sème donc tes cailloux dans le langage.

Le petit Poucet n'a pas ramené ses six aînés au logis, le cordon de petits cailloux est ombilical. Pas d'empreinte de pas, mais celle relevée par l'éthologie. Et des retrouvailles à la mie de pain. Ayant aperçu une lumière dans la nuit, ils trouvent une bonne femme qui sacrifie ses propres enfants en leur venant en aide. Bientôt poursuivis par l'ogre (l'ogre représente la pression sociale : « Comment va votre père ? »), presque dévorés par la honte, ils arrivent à nouveau, rouges aussi d'avoir couru, chez le vieux. Les chassera-t-il encore à coups de barres de fer ? Par bonheur, il atteint un âge où l'on se montre plus humain [sarcasme à l'endroit du vieux, et aussi de l'humanité – sentiment et genre]. Il se laisse enfin approcher et appeler Grand-Père ; peut-être même dorloter.

Quant à moi, on sait que j'étais resté en chemin pour m'occuper de l'ogre. Pour les bottes de sept lieues, j'ai simplement beaucoup grandi ; Poucet fait maintenant quelques pouces de plus que tout le monde. Cette croissance est-elle un comportement adaptatif, ou ma mère m'a-t-elle fait promettre sur son lit de mort d'être un grand garçon ?... Charles Perrault avoue ignorer le dénouement ; il indique deux fins différentes, suggérant par là qu'elle appartient au personnage. Tel est l'argument du conte. Et à ce point du récit, la suite sera hors sujet.

Je suis invité à rejoindre le bonheur familial (pas par celui qui ne doit toujours rien à personne). Voilà dix ans que je fais sans, et c'est quand je deviens majeur qu'on me dit que c'est quand même mon père... (*quand même* vous pose un argument en truisme, qui comme chacun sait est la compagne du *cochon*.) Dorénavant, plus rien ne m'étonnera ; il pourra se faire curé de la paroisse (dès que sa seconde épouse voudra bien décéder). « Tu ne viens pas chez Papa ? » Faire comme si je n'entendais pas. Ne pas contrarier ceux qui ont raison. Ne pas leur infliger mon hypermnésie... Tout va rentrer dans l'ordre.

Chez d'autres animaux sociaux, le déviant va au cimetière ; l'humain a aussi la prison et l'asile. Avant ça, on a le choix entre le registre de l'odieux et celui du morbide : "salaud de fils indigne", ou bien "le pauvre, avec tout ce qu'il a vécu, il n'arrive pas à faire sa *résilience* ". Projection ? Freud n'a rien inventé, « c'est çui qui dit qui y est », il l'a entendu dans les cours de récréation ; mais il n'est pas responsable de la psychologie à deux balles : Pile je gagne, face tu perds. Sur la tranche, je suis libre.

Culpabilité et souffrance modèlent toujours la conscience, même sans le support religieux. On a remplacé l'hostie par l'antidépresseur. Je n'en mangerai pas non plus ; au pays des premiers consommateurs mondiaux, l'aliéné est celui qui refuse les prescriptions.

Mange tes morts

Il y a encore un adage transmis dans les cours d'école : "Quand on est c... c'est pour la vie". Au collège, il y en avait déjà qui pensaient à leurs points retraite ; à vingt ans, quelques-uns songent encore à mourir vivants.

Me voilà parmi les hommes. Il est utile de noter que nous ne redoutons pas la misandrie... Déjà bien assez complexés ; avec cette manie de nous isoler entre glands, coiffés d'un prépuce fripé, dans les loges de l'Ordre de la Couille. Ne craignant pas d'en rabattre, je chante avec le poète : *Au faisceau des phallus, on verra pas le mien.* *

Thatchernobylgates ; vingt ans se sont écoulés. Le téléphone sonne : Papa n'est plus. C'est comme si Norman Bates m'annonçait les funérailles de sa mère. Nouveau-né à la sortie de *Psycho* *, j'avais découvert la psychose collective par Andersen : En adaptant un peu, on aurait les *Tissus neufs du grand-duc* *. À la fin du conte, le petit enfant dit : « Le monsieur, il ne respire pas du tout », et les gens *voient* que le bonhomme a une mine très passée. Sans se souvenir qu'ils l'ont naturalisé il y a des années.

Quoi qu'il en soit, c'est officiel à présent. Je ne m'étais pas inquiété de ce qu'il dût mourir. Encore moins d'avoir à *l'accompagner jusqu'à sa dernière demeure.* Mais ça a l'air assez sacré, car on continue de solliciter ma présence. Est-ce l'engeance d'Abraham qui réclame mon hommage ?

Je donne mon mot d'absence à qui me dira pourquoi je devrais y aller. Un renégat demande un thanatologue.

Ce n'est pas que le sentiment de ne pas être à ma place m'ait jamais mis mal à l'aise, mais un chien ne va pas se mettre exprès dans un jeu de quilles. Si quelqu'un m'adresse ses sincères condoléances, il y aura tromperie.

Le fonctionnement du rituel en dépend peut-être... Si j'avais à craindre du surnaturel, ce serait que l'âme du défunt, avant d'aller polluer l'Érèbe, profite de ce que je sois à l'enterrement pour venir faire du mal à ma famille.

Dans cette comédie macabre, chacun surveillera les autres, notera qui est là, qui est représenté, qui se mouche. Un chevalier de l'ordre totémique, examinant la lignée, ne trouvera pas le compte de descendants. L'un ou l'autre prétextera ma douleur trop vive... Mais peut-être serait-il moins inconvenant que je vienne pisser dans le trou.

Encore le téléphone... quand on est patient, les gens abusent. Je dois me retenir de faire de la peine en disant que je n'en ai aucune. On entendrait la litote ou l'antiphrase. Si le sens littéral, ce serait pire. Ce n'est pas mon mort. Offrez-lui une sépulture, ou son cadavre aux crécerelles, je m'en passe les mains à l'antiseptique.

Les gens sont étranges. Qu'il arrive n'importe quoi à leur prochain, ils lui disent : « Eh bien, tu n'es pas mort ! » Mais quand il est foutu ils se mettent à souffrir. Il est bien tard pour l'empathie ; c'est donc qu'ils souffrent de la peur de la Mort. Moi, ce que je n'aime pas chez elle, c'est sa marque de déodorant (mais ses guenilles sont *fashion*).

Ne tenant pas au dernier mot, je laisse l'*ultima ratio* au roi d'Espagne : « Pourquoi tu ne la fermes pas ? » *

Notes et références

p8 Gaston : Bachelard.

p19 *Crucifixion ?* Seconde référence aux Monty Python (*Brian*).

p21 SMAG : salaire minimum agricole garanti, inférieur au SMIC.

p26 *La Porte du diable* (1950), d'Anthony Mann.

p33 « *La chienlit, c'est lui* » : slogan de mai 68 répondant au général de Gaulle.

p34 Auteurs cités : Édouard Jauffret (*Au Pays bleu*) ; Marcel Pagnol, Gérard de Nerval.

p39 *Ballade des pendus*, de François Villon.

p40 *Skhizein* : fendre, en grec.

p43 *Rebecca*, de Daphné du Maurier, film d'Hitchcock (1940).

p47 *Les Temps modernes* (1936), de Charlie Chaplin.

p49 Pierre Clostermann (1921-2006), as de l'aviation, auteur du *Grand Cirque*.

p51 *La Fiancée du pirate* (1969), film de Nelly Kaplan avec Bernadette Lafont.

p53 Georges Carnus, gardien de but de l'équipe de France.

p56 Principe de parcimonie, ou principe du rasoir d'Occam.

p59 Beatles : *Michelle / Run for your life.*
Rolling Stones : *She's a rainbow / 2000 light years from home* et *Street fighting man / No expectations.*
Franz : Schubert ; ses dernières paroles.

p66 *Le Grand Meaulnes* (1913), d'Alain-Fournier.

p67 Guillaume de Nassau, dit le Taciturne (1533-1584).
Jim Hawkins, héros de l'*Île au trésor*, de R.L. Stevenson.

p70 Chorée de Sydenham : communément appelée danse de St Guy.
Hotchkiss, automobile française.
Stuka, bombardier en piqué allemand.

p72 *Les Bourgeois / La Statue / Bruxelles / Une Île* (Barclay 70453)
Mon Oncle Benjamin (1969), d'Édouard Molinaro.

p73 Arthur Cravan (1881-1920), poète, aventurier, boxeur.

p76 SVBEEV : Si valet bene est, ego valeo.

p84 Pierre Véry, *Les Disparus de St Agil* (1935).

p85 *Le Loup et le Chien*, fable de La Fontaine.

Puer homini canis (cf. Homo homini lupus) : L'enfant est un chien pour l'homme.

Les 400 Coups (1959), de François Truffaut.

p89 10% des enfants seraient dyslexiques. Ils font les Vinci, Mozart, Beethoven, Flaubert, Verne, Picasso, Einstein, Lennon, etc.

La Grande Évasion (1963), de John Sturges.

Le Prisonnier (1967), de et avec Patrick McGoohan (le « n°6 »).

p91 *Et Dieu créa la femme* (1956), de Roger Vadim.

p96 Wilma Rudolph (1940-1994), atteinte de la polio, marcha à 11 ans et gagna sa première médaille olympique à 16.

p104 P&T ; mais on disait toujours PTT. Poste et télécoms n'étaient pas encore séparés.

p106 Le cycle de Guillaume d'Orange – Aliscans (XIIe s.)

Les Infortunes de la vertu, de D.A.F. de Sade.

L'Ogre, de Jacques Chessex, prix Goncourt 1973.

p107 Christian Jambert, gendarme original qui enquêtait lorsque des jeunes filles disparaissaient.

p111 Pepon (Peppone pour les anciens élèves) n'avait pas le physique de Don Camillo.

p117 *La Nuit du Chasseur* (1955), de Charles Laughton, d'après le roman de Davis Grubb. Lillian Gish y prononce ces mots : « Children are man at his strongest. They abide. »

Évariste Galois (1811-1832) : mathématicien français ; prisonnier politique ; tué en duel par un ami et rival amoureux.

p124 Georges Brassens, *Le Pluriel*.

Psycho (1960), d'Alfred Hitchcock, avec Anthony Perkins.

cf. *Les Habits neufs du grand-duc*, de Hans Christian Andersen.

p125 Citation de Juan Carlos Ier en v.o. : « Por què no te callas ? »

TABLE DES MATIÈRES